KB169605

마녀의 혈통

Кровное родство ведьм

박정윤 지음

답

차례

Ⅰ부

Ⅱ부

Ⅲ부

I 부

1. 유리 진

우리는 숲으로 갔다. 말없이 나란히 앉아 초여름, 저녁의 숲에서 햇볕이 사라지는 것을 목격했다. 소년의 앙상한 어깨 뼈 너머로 흰 새들이 날아갔다. 우리의 발목을 적시던 개울 물이 저물어가는 햇빛을 받으며 흘러갔다. 우리에게 닿았던 물이 사라지는 곳으로 빛도 사라지겠지. 그리고 언젠가 우리도 사라지겠지. 우리의 어깨가 닿을 듯, 닿을 듯, 가까워지다 살짝 부딪히면 서로의 몸을 슬쩍슬쩍 훔쳐보았다. 코로 숨을 들이마실 때마다 짙은 소나무 향과 뒤섞인 소년의 땀 냄새가 내 속으로 들어왔다. 물감처럼 까만 눈을 가진 소년이 나를 바라보았다. 작은 열매처럼 하얗고 단단한 우리의 얼굴이 숲에서, 사라지기 직전의 햇빛 속에서, 반짝거렸다. 그 짧은 순간, 우리의 입김이 각자의 입으로 스며들었다.

필례 할머니가 말했다.

"운명적인 사랑을 만나는 것이 우리 혈통이야."

운명적인 사랑을 만나는 혈통. 이 말은 자작나무 숲 사이로 보이는 달을 향해 날아가는 까마귀, 달의 둥근 원형 안에 쏙 들어간 까마귀를 발견하는 것만큼이나 내 가슴을 두근거리게 했다. 필례 할머니가 살았던 때니깐 여덟 살의 두근거림이었다.

지금의 나는 운명적 사랑도, 달을 향해 날아가는 까마귀도, 블랙 머리카락에 대한 집착도 다 지긋지긋했다. 지금 할머니가 살아계셨더라면 난 이렇게 대답했을 거다.

"피레나, 우린 마녀 혈통이야."

필례 할머니의 러시아식 이름은 피레나였다. 할머니는 자신을 러시아식으로 불러주길 바랐다. 할머니가 그곳에 머물던 당시는 소련이었는데 할머니는 러시아식, 이라 했다. 할머니는 조선인으로 갔는데 그곳 사람들은 고려인이라 불렀다고 했다. 필례 할머니가 고려인으로 러시아 사할린으로 가 백 번도 넘게 죽고 싶었지만 살아냈다는 증거가 라라 유리예브나 스미르노프와 나, 유리 진이었다.

"피레나, 운명적인 사랑을 만나는 혈통이든 마녀 혈통이든 살아볼게."

젖은 몸에 향수를 뿌렸다. 샤넬 NO.5의 무겁고 짙은 향이 확, 번졌다. 말보로 레드를 한 모금 빨고 난 후 거울을 향해 연기를 내뱉었다. 혈관을 타고 번지는 샤넬 향과 말보로 연기에 뒤섞인 거울 속 모습을 볼 때면 독하고 나쁜 감각이 일었다. 뭔가 사악한 일을 계획하고 대담하게 실행할 수 있을 것 같았다.

'나를 짓밟을 수 있으면 짓밟아봐라. 망설이고 있다가는 내가 짓밟을 거야.'

마음을 한껏 독하게 다잡아 보지만 나는 기껏해야 속옷 피팅 모델이다. 브랜드도 아니고 TV나 대형 쇼핑몰도 아닌 신생 소규모 쇼핑몰의 초보 모델. 벽 스크린으로 배경을 바꾸는 조악한 스튜디오 구석에 놓인 파티션 뒤에서 속옷을 갈아입었다. 브래지어 팬티 세트 상품이 9,900원인 속옷은 중국 공장에서 만들었다. 메이드인 차이나 속옷 모델이라는 뜻이다.

사흘 전, 스튜디오에서 만난 여자의 표정이 거울 속에서 되살아났다. 숱한 여자애들이 나를 볼 때와 같았다. 그것이 무엇이든 내 외모만 보고 판단하고 생겨난 감정일 것이었다. 지겨웠다. 좋은 인상을 주기 위해 노력할 기분이 아니었고 그런 일에 감정 낭비하기도 싫었다.

엄마 라라 유리예브나 스미르노프는 내 외모만으로 사람들의 주목을 받는 것은 혈통 때문이라 했다. 사 분의 일 정도 흐르는 코카서스 혈통의 피가 따분한 호기심과 질투를 받도록 유도한다는 것이다. 엄마의 아버지, 나의 외할아버지는 코카서스 청년이라고 했다. 그러니깐 나는 러시아 쿼터 혼혈이다.

엄마 라라는 코카서스 혈통이 섞인 자신의 외모가 수니 할머니를 닮지 않은 것에 만족했다. 늘씬하고 여리여리한 몸통에 가늘고 긴 팔다리, 희고 작은 얼굴, 뚜렷한 이목구비. 금발에 푸른 눈동자. 라라는 섞인 혈통으로 인해 몸과 외모에 자부심이 생겼고 그것을 이용해 얻고 싶은 것을 손쉽게 얻을 수 있다고 여겼다. 그렇지만 나는 뇌를 향해 흐르는 피를 모조리 뽑아버리고 싶었다. 이곳은 순 혈통이 아닌 사람들이 살아가기에 좋은 여건은 아니었다. 혼혈은 부정한 혈통이라는 편견의 벽이 단단했다. 최악이었다.

수니 할머니와 수니 할머니의 엄마인 필레 할머니와 살 때는 몰랐다. 나는 대관령 서쪽 산기슭에 있는 편백 나무 향이 가득한 나무집에서 살았다. 첩첩이 쌓인 산자락 아래 나무, 꽃과 바람만 가득했다. 눈이 녹으면 물이 흘러 개울이 생겨났다. 계절마다 신비로운 비밀을 드러내는 산속에서는 내 존재가 두드러지지 않았다. 나를 이상한 시선으로 쳐다보는 사람들도 없었다.

나는 머리에 들꽃을 꽂고 바람 가득한 산자락으로 까마귀를 쫓아 뛰어다니곤 했다. 청 빛으로 번들거리는 검은 까마귀 털을 모조리 뽑아서 머리에 장식하고 싶었다. 나는 블랙 머리카락을 좋아했다. 블론드인 내 머리카락은 수니 할머니 머리카락보다 가늘고 힘이 없었다. 수니 할머니의 굵고 뻣뻣한 블랙 머리카락이 예뻐 할머니의 머리카락이 빠지면 그것을 차곡차곡 모아놓기도 했다.

수니 할머니는 내 이름과 똑같은 외할아버지, 유리 보리소비치 스미르노프도 블랙 머리카락과 뿔까마귀를 좋아했다고 했다. 이마가 하늘에 닿을 것처럼 키가 컸던 그는 작고 앙상했던 수니 할머니를 자신의 무릎 위에 돌려 앉아놓고 빗으로 머리카락을 빗겨주었다. 그때는 나에게 혈통을 물려준 유리 할아버지의 얘기를 달달 욀 정도로 듣는 것을 좋아했고 키 크고 잘생긴 코카서스 청년을 마음 내키는 대로 양껏 상상했다.

나무집 안에서는 늘 편백 나무 향이 났다. 언제부터 살았는지 기억나지 않았지만, 그곳에서의 생활은 익숙했다. 수니 할머니, 필례 할머니와 나를 제외하고는 죄다 아픈 사람들뿐이었다. 모두 여자들이었고 몸은 멀쩡했지만, 마음과 정신이 아프다고 했다. 열 명의 사람이 열 한 명이 되었다가 간혹 열세 명이 되기도 했고 어느 날 아홉 명이 남기도 했지만, 갑자기 더 많은 인원이 된다든지 눈에 띄게 인원이 확 줄어드는 일은 없었다. 그곳에서 수니 할머니와 필례 할머니는 그녀들을 돌보았다. 그 일이 있기 전에는.

사람들은 그곳을 기도원이라 불렀다. 수니 할머니는 종교적인 것과는 상관없이 건강한 삶을 기원하고 추구하는 곳이라 했다. 대관령 산자락은 모든 계절 내내 바람이 세찼다. 필례 할머니는 바람을 많이 탔다. 훈훈한 바람이래도 온몸으로 파고 들어와 뼈가 시리다고 했다. 내복과 솜바지를 입고 폭이 넓은 치마를 겹겹이 입었다. 러시아식이라 했다. 러시아식 댄스, 러시아식 감자요리, 스튜, 러시아식 폭넓은 겹치마. 그러나 러시아에선 피레나의 생활습관을 고려식, 이라 했다고 했다.

필례 할머니는 볕이 길게 내리비치는 계절이면 산기슭과 맞닿는 뒷마당에 의자를 내놓고 앉았다. 이따금 다급하게 나를 불렀다. 나는 불린 검은콩 껍질을 벗기고 있다가 숟가락으로 감자를 긁고 있다가 뒷마당으로 달려나갔다. 할머니는 손가락마다 반지를 끼운 가느다란 손을 뻗어 허공을 가리켰다. 허공에는 밀잠자리, 청색 부전나비, 제비, 까마귀들이 맴을 돌고 있거나 하늘을 향해 뻗어있는 나뭇가지 사이로 휙, 날아갔다. 나는 날렵하게 허공을 휘젓다 맴돌고 있는 밀잠자리를 날쌔게 잡아 할머니의 반지 위에 올려주었다. 밀잠자리의 투명한 날개 사이로 루비, 사파이어, 에메랄드 반지가 화려한 빛을 내며 반짝거렸다. 겹겹이 옷을 껴입어 폭신한 할머니의 무릎에 팔을 괴고 앉아 할머니의 얘기를 들었다.

"선장의 손은 물고기를 불러 모았어."
필례 할머니는 밀잠자리의 날개를 잡아 허공을 향해 날렸다. 잠자리는 잠시 휘청 흔들리다 이내 사라졌다.
"손을 바다에 넣었다 꺼내면 손끝에 물고기가 달라붙어 올라왔어. 그이가 이 백금 루비 반지를 제일 먼저 이 손에 끼워 줬어.”

그럴 때면 수니 할머니가 부엌에서 나를 불렀다.

“네 엄마, 라라를 낳느라 내 몸이 파헤쳐졌을 때도 선장이
랑 시내에 나갔어.”

수니 할머니는 필례 할머니를 흉보는 것이 아닌, 그만큼
선장을 좋아했다는 것을 알려 주고 싶어 했다.

“그 시절 꽃처럼 예뻤어, 피레나.”

“엄마가 태어날 때면 피레나, 할머니인데 꽃처럼 예뻤
어?”

“어, 그랬어.”

필례 할머니는 수니 할머니의 그 말을 듣기 좋아했다. 하
늘을 향해 눈꼬리를 올리며 야하게 웃던 필례 할머니는 수
니 할머니의 운명적 사랑에 대해 말했다. 할머니는 운명적
사랑, 이라고 엄숙하게 천천히 발음했다.

담 울타리에 걸어놓은 마른 깨를 털어내는 것, 벌레가 파
먹은 검은콩을 골라내는 것, 완두콩, 마늘의 껍질을 까는
것, 고구마순과 삶은 시래기의 얇은 껍질을 벗겨내는 것, 마
당 빨랫줄에 널어놓은 마른 옷 반듯하게 개키는 것, 부엌에
서 젖은 그릇을 마른 헝겊으로 닦는 것. 수니 할머니가 정해
준 내가 해야 할 일이었다. 일은 힘들지 않았다. 기억이 안

나던 때부터 해왔던 일이었으니깐.

　기도원에 있는 여자들은 하루에 세 번 숲으로 난 커다란
창이 있는 거실에 모여 운동을 했다. 벽과 바닥이 편백 나무
로 덧대어져 거실에 들어서면 편백 나무 향이 폐로 들어와
저절로 큰 숨을 들이쉬게 되었고 마음이 맑아졌다. 여자들
은 수니 할머니가 가르쳐준 발끝 부딪치기, 단전 치기, 장운
동으로 기를 아래에 모으고 난 후 향을 피워놓고 복식 호흡
을 했다.

　여자들은 뇌에 쌓여있는 어두운 기운을 몰아내고 뇌파를
안정시켜 치유되고 있다고 믿었다. 그녀들은 목에 벽옥으로
만든 녹색 목걸이를 했다. 수니 할머니는 녹색 벽옥이 위를
다스리고 마음을 편안하게 해준다고 했다. 오랫동안 효능
을 발휘한 신비로운 돌이라 했다. 녹색 벽옥에 혀끝을 대면
짠맛이 났다. 돌에서 바다 냄새가 났다. 여자들은 새 모이만
큼, 혹은 다람쥐가 도토리를 먹듯 소량의 음식만 먹었다. 수
니 할머니는 산자락을 일궈 비닐하우스를 만들었다. 할머니
만의 유기농법으로 기른 곡물과 채소로 정성이 깃든 식단
을 짰다.

가끔은 빨간 체크 무늬 식탁보 위에 차려놓은 채식 위주 반찬과 여자들이 운동하는 모습을 핸드폰으로 찍었다. 사진을 여자들 가족에게 전송했다. 이곳에 머무는 여자들은 수니 할머니의 식단에 만족했다. 검은콩을 불려서 삶은 콩 국물, 도토리 가루로 쑨 도토리묵, 콩을 갈아 끓여 만든 두부, 고랭지 농법으로 텃밭에서 기른 채소와 산에서 채취한 고사리, 더덕, 곤드레, 명이나물, 쑥, 민들레, 느릅나무 뿌리 우린 물 등 자연에서 얻은 것 위주였다. 운동 시간 후, 그녀들은 거실 둥근 탁자에 모여 앉아 원 안에 우주가 담겨있다는 만다라와 자기 유사성을 드러내는 특징을 가진 프랙털 도형에 채색했다.

만다라 그림과 프랙털 도형은 수니 할머니가 컴퓨터에서 패턴을 찾아 출력해 놓았다. 할머니는 구름, 해안선, 나뭇가지 등 자연에서 프랙털 도형을 쉽게 발견할 수 있다고 했다. 뇌의 주름도 그 형태인데 불규칙한 혼돈에서 패턴을 익혀 정신적인 안정을 찾을 수 있다고 여겼다. 만다라와 프랙털 도형 채색이 끝나면 알록달록한 실로 뜨개질을 했다. 여자들이 뜬 모자와 장갑, 목도리를 수니 할머니가 그들의 가족에게 보내줬다.

가끔, 필례 할머니는 내가 낮에 해야 할 일이 끝나면 산 중턱에 있는 절에 데려가 달라고 했다. 언젠가 나는 필례 할머니의 머리카락을 보고 충격을 받았다. 햇살이 비치는 거실 창가에 앉아 있는 할머니의 머리카락은 은빛으로 빛났다. 그런데 머릿속에서 검은 머리카락이 보였다. 나는 할머니에게 다가가 머리카락을 뒤적거려보았다. 드문드문 검은 머리카락이 올라왔다.

"피레나, 다시 젊어지려나 봐. 그럼, 유리진이 늙으면 검은 머리칼이 나오나? 난 검은 머리카락이 좋은데."

수니 할머니가 웃으며 다가와 내 머리를 할머니의 불룩한 배로 끌어당겼다.

수니 할머니에게선 쑥 태우는 냄새가 났다. 그녀는 내 머리칼에 손을 넣고 유리 보리소비치 스미르노프의 블론드와 똑같다고 말했다.

"그 사람을 유즈노사할린스크에서 처음 봤을 때, 태양에서 빠져나온 황금 마차를 타고 온 신화 속의 청년인 줄 알았어. 금빛 햇볕처럼 따뜻하고 부드럽고 눈부셨어."

수니 할머니는 바람에 흔들림 없는 굵은 나무처럼 말이 없었는데 유리 보리소비치 스미르노프의 얘기를 할 때면 눈을 빛냈다. 수니 할머니가 유리의 얘기를 시작하면 필례 할머니는 말을 딱, 자르곤 나에게 절에 가자고 말했다.

필례 할머니의 가늘고 축축한 손을 잡고 전나무 숲길을 올랐다. 할머니는 법당에는 들어가지 않고 삼성각부터 갔다. 절은 하지 않고 한참을 앉아 있었다. 절 마당에서 기다릴 때 공양주 보살을 만나기도 했다. 공양주 보살은 나를 볼 때마다 혀를 차며 나이는 몇 살이며 어디에서 왔으며 왜 그곳에 있는지, 한국말은 할 줄 아는지 등 대답하기 싫은 질문들만 골라서 했다.

어떤 색을 좋아하니, 어떤 음식을 좋아하니, 까마귀를 좋아하니, 이런 질문을 한 적은 한 번도 없었다. 내 생각이나 마음보단 외적인 것에만 관심이 있었다. 그럴 때면 나는 그냥 웃기만 했다. 그러면 사람들은 열이면 열, 모두 한국말을 못 하는구나, 라고 말했다. 시장에 갈 때마다 수니 할머니는 내게 당부했다.

"사람들과 눈이 마주치면 무조건 웃어라, 안 그러면 너는 억지로 붙잡혀 있어 골이 난 아이 같아."

정말로 한번은 내가 너무 인상을 쓰고 있어 시장 상인이 수니 할머니를 경찰에 신고한 적도 있었다. 수니 할머니는 경찰에게 자신이 살아온 내력을 밝혔다. 코카서스 혈통을 가진 남자의 아내라고 밝혔다. 당대의 역사적 사건을 말하면 경찰들은 듣기 싫은 표정을 감추지 않았다.

"그게 대체 언제 얘기요? 책에 나오는 거 아니오?"

그들에게 책에나 나오는 고리타분하고 까마득한 옛날 역사였지만 필례 할머니에겐 늘 눈앞에서 생생하게 어른거리는 사건이었다.

"내 딸, 라라는 코카서스 혈통을 절반 가지고 태어났고. 얘는 라라의 딸이라고."

"소련이오, 러시아요?"

경찰이 물었고 할머니는 소련도 러시아도 아닌 코카서스 혈통임을 앵무새처럼 강조하고 되풀이했다. 할머니의 혈통을 듣던 경찰이 골치 아픈 표정으로 알았다며 가라고 하면 그제야 할머니는 내 손을 잡고 경찰서를 나왔다.

검은 머리카락이 은빛 머리카락을 삼킨 것처럼 새카맣게 변한 필례 할머니는 시도 때도 없이 삼성각에 데려 달라고 했다. 수니 할머니는 그럴 때마다 건성으로 고개를 끄덕였다. 그날따라 필례 할머니는 불을 삼킨 뱀처럼 쉭쉭 소리를 내면서도 재빠르게 전나무 숲길을 올라갔다. 길옆으로 흐르는 물소리를 들을 때면 나는 물에 손을 담그자고 말했지만 필례 할머니는 앞만 보고 걸어갔다.

나는 석탑을 구경하고 싶었지만, 할머니는 법당도 지나치고 산 밑에 있는 삼성각으로 올라갔다. 독성 나반존자, 산신님, 칠성님을 함께 모신 곳이라고 했다. 그 탱화를 그린 사람의 뜻을 이뤄져야 한다고 했던 것도 같다. 삼성각에 들어가자마자 필례 할머니는 커다란 놋대야를 들어 정면 벽에 걸린 액자를 향해 집어 던졌다. 순식간에 벌어진 일이라 눈앞에서 일어났지만, 그 순간이 캄캄하게 기억되었다. 놋대야를 집어 던진 후 초를 들어 탱화에 불을 붙였는지 양초에 불을 붙인 후 놋대야를 집어 던져 유리를 깼는지 순서가 헷갈렸다. 보살들과 스님들이 몰려와서야 나는 삼성각 벽에 불이 붙었다는 것을 알아차렸다.

젊은 스님이 소화기를 뿌렸고 보살들은 물을 퍼부었다. 불은 삼성각 한쪽 벽면을 태우고 꺼졌다. 경찰이 찾아와 수니 할머니와 나에게 수없이 많은 질문을 했다. 기도원에 머물던 여자가 누군가에게 전화했고 여자의 보호자가 방문하자 사건은 조용히 해결되었다. 그렇지만 경찰은 수니 할머니의 기도원이 무허가 의료기관이며 불법이라고 폐쇄조치를 명령하는 공문을 가져와 수니 할머니에게 전달했다.

기도원에 머물던 여자들은 한 명, 두 명 보호자를 따라 승용차를 타고 떠났다. 기도원에는 두 명의 할머니와 나만 남았다. 겨울 다람쥐들이 산기슭 아래까지 내려왔다. 마당을 뒤적이다 내가 던져둔 도토리, 밤, 고구마를 날름날름 집어 갔다.

그 겨울, 피레나, 필례 할머니가 죽었다. 겹겹으로 입고 있었던 옷을 모두 벗기자 할머니의 몸은 은사시나무처럼 얇고 가늘었다. 필례 할머니는 삼성각의 탱화를 태운 이유를 끝끝내 말하지 않았다. 필례 할머니가 죽었다는 기별에도 엄마는 오지 않았다. 공장에 취직했다고 했다. 수니 할머니는 핸드폰을 움켜쥐고 말했다.

"공장에서 일 한다고? 퍽이나? 소주 공장이라면 또 몰라."

수니 할머니는 필례 할머니의 유골 단지를 뒷마당 대추나무 곁 석단에 놓아두었다. 아침저녁으로 석단에 초를 밝히고 물을 새로 갈아 떠놓았다.

유골 단지는 표면에 손을 대면 손 지문이 쩍, 들러붙을 듯 차갑게 얼어붙었다. 나는 여자들이 두고 간 자투리 털실을 연결했다. 알록달록한 실로 속이 깊숙한 모자를 떴다. 바람을 많이 타는 필레 할머니를 위해 삐뚤빼뚤한 털모자를 유골 단지에 씌어주었다.

잡풀이 헝클어졌던 땅에서 뾰족한 녹색 잎이 솟아오르고 모처럼 바람이 순했다. 햇볕이 따뜻해 수니 할머니와 마당에서 이불 빨래를 널고 있을 때 붉은 꽃이 그려진 원피스를 입은 여자가 산길을 따라 올라왔다. 흰 양산 아래에서 치렁치렁 흔들리는 여자의 머리카락은 블론드였다. 야트막한 산자락을 올라 점점 더 가까이 다가오자 여자의 모습이 더 뚜렷하게 보였다. 블론드 머리카락에 핏줄이 도드라져 보이는 백색 피부, 투명하고 푸른 눈동자.

나는 처음으로 엄마를 봤다. 필레 할머니는 최근 몇 년 동안 엄마가 이곳에 안 왔지만, 예전에는 자주 왔다고 했다. 난 엄마에 대한 기억이 아예 없었다. 수니 할머니와 필레 할머니와 다르고 거울에서 만나는 내 모습과 닮은 그녀를 보았다. 그 모습을 보자마자 엄마인 줄 알았다. 그래서 눈물이 주르륵 흘러내렸다. 엄마 라라는 흰 양산을 접고 나를 향해 두 팔을 벌렸다. 수니 할머니가 내 등을 밀었다.

"마미를 안아줘라."

엄마 라라에게선 독한 향수 냄새가 났다. 편백 나무 향이 가득한 거실에서도 엄마가 움직일 때마다 그녀의 향이 공기를 떠다녔다. 그녀는 어디에서 왔으며 그동안 내가 왜 여기 있어야 했는지 말하지 않았다. 나에게는 중요한 질문이었지만 엄마에게는 자작나무와 은사시나무를 구분할 필요도 없고 각각의 나무를 알아야 할 필요도 없는 것처럼 대수롭지 않게 여겼다.

"이제, 학교 다녀야지. 실제 너는 아홉 살이야."

아홉 살, 붉은 꽃이 그려진 원피스를 입고 흰 양산을 펼쳐 든 엄마 라라의 뒤를 따라 산길을 내려왔다. 거칠게 휘몰아치는 바람에 라라의 원피스의 붉은 꽃이 펄럭였다. 흰 양산이 바람에 까뒤집혔다. 산 아래 대기 중인 택시를 타기 전, 수니 할머니는 내 머리를 할머니 배에 끌어당겨 안았다. 수니 할머니에게선 쑥 태우는 냄새가 났다. 할머니는 편지를 보내겠다고 약속했다.

필레 할머니의 죽음 이후, 엄마 라라 유리예브나 스미르 노프를 따라 도시로 온 후부터 내 삶은 혹독했다.

엄마 라라는 해가 떨어지고 가로등이 켜졌을 때야 양산을 접고 이층집을 손으로 가리켰다. 나는 라라의 붉은 꽃을 잃어버릴까, 초조해하며 곁에 바짝 따라붙었다. 치맛자락을 붙잡고 있는 나를 보며 그녀는 한숨을 내쉬고 지하 방으로 들어갔다.

나는 그녀가 어디선가 얻어준 남학생용 가방을 들고 학교에 갔다. 아이들은 입학한 지 일주일이 지났다고 했다. 두려움과 불안이 몸 전체를 감싸고 있어 행동은 경직되었고 긴장으로 이를 악물고 교실로 들어갔다. 나를 보자마자 아이들은 휘파람을 불었고 호기심 가득한 표정으로 환호 섞인 비명을 질렀다. 아이들 키는 나보다 머리통 하나 정도 작았다. 나는 같은 교실에 있는 아이들보다 실제로 한 살이 더 많았고 발육도 빨랐다. 베이킹소다를 넣은 것처럼 부풀어오르는 내 몸의 굴곡에 비하면 여자애들은 통나무를 대충 깎아놓은 것처럼 밋밋했다. 그래도 내 눈에는 모두 순해 보였고 다정하게 웃는 모습이 예뻐 보였다. 또래 친구들이 이렇게 왕창 생겼다는 것에 가슴이 벅찼다.

대문에 매달린 편지함의 뚜껑을 닫고 몸을 돌렸을 때 일층 계단을 내려오는 소년을 만났다. 언뜻 봤을 때 내 또래였지만 키는 나보다 작았다. 나를 쏘아보는 눈초리가 싸늘했다. 그 시선에 주눅이 든 나는 바싹 마른 겨울 잔가지처럼 휘청거렸다.

"너, 러시아에서 왔지? 네가 들고 다니는 가방 그거 내 거야."

"어, 그래? 고마워."

"고마워하라는 말 아니야. 내 거 그만 가져가고 꺼져. 러시아로 가버려."

엄마 라라가 지하에서 올라와 소년의 등을 후려쳤다. 소년은 엄마를 노려보다 계단을 후다닥 올라갔다. 현관문이 흔들릴 정도로 거칠게 닫혔다. 엄마 라라는 위를 흘겨보고는 혼잣말을 했다.

"언젠가 이 집이 내 집이 될 거다."

그날 저녁, 엄마는 월급봉투를 받아왔다. 나에게 봉투 속의 돈을 꺼내 보여줬다. 우리는 시내의 번화가로 갔다. 엄마 라라는 레스토랑에 가 나에게 스테이크를 시켜주었다. 채

식에 길들여 있었던 나는 피가 뚝뚝, 흐르는 스테이크는 한 조각을 겨우 삼키고 접시에 함께 나온 채소와 과일만 먹었다. 와인을 마시던 엄마는 웨이터를 불렀다. 스테이크를 바짝 익혀달라고 일부러 혀, 짧은소리를 냈다. 엄마는 내 앞에서와는 달리 웨이터 앞에서 한국어가 어눌한 척, 마치 방금 낯선 이곳에 도착한 듯 행동했다. 웨이터가 무안할 정도로 친절하게 더 필요한 것이 없냐, 고 묻고 익힌 스테이크 곁에 채소와 과일을 새로 담아 가져다주었다.

바짝 익힌 스테이크는 먹을 만했다. 엄마는 와인을 마시며 학교에서 친구들을 많이 사귀라고 했다. 마음을 나누는 친구는 힘들고 외로울 때 위로가 되고 도움을 준다고 했다. 식당에서 나와 우리는 옷가게에 갔다. 옷가게의 점원은 나를 보고 예쁘다고 감탄하며 잡히는 대로 옷을 꺼내 입혀주었다. 엄마는 걸어봐라, 뒤를 돌아봐라, 머리를 묶어 봐라, 주문하다 나를 거울 앞에 돌려세워 놨다. 학교 친구들과 다른 모습이 좀 우스꽝스러워 보였다. 시장에 가면 값을 깎으려 드는 수니 할머니와 달리 엄마는 옷 가격을 흥정할 생각은 안 하고 옷 소재가 무엇인지, 드라이크리닝을 해야 하는 옷감인지 물어보았다. 녹색 치마와 빨간 체크 무늬 블라우스를 사고 빨간색 구두까지 샀다. 엄마 라라는 신발에 맞춰 빨간 가방을 사자고 했지만 나는 집에 있는 검은 색 가방이 마음에 든다고 했다. 돈을 지불 할 때마다 봉투 속의 돈이 눈에 띄게 줄어드는 것이 불안했다. 엄마 라라는 자신을 위해 보라색 실크 란제리와 향수를 샀다.

또래 친구들이 한꺼번에 생겼다는 기쁨에 나는 아침 일찍부터 서둘렀고 첫 번째로 등교했다. 책상에 앉아 나뭇결을 쓰다듬으며 친구들이 교실로 들어오기를 기다렸다.

"안녕, 난 진 유리야. 네 이름은 뭐니?"

아이들은 수줍게 웃으며 자신의 이름을 말해주었고 나에게 호기심을 드러내며 질문을 했다. 다른 반 아이들과 다른 학년 아이들도 나를 보기 위해 우리 반 교실로 찾아왔다. 여자아이들은 나에게 미국에서 왔는지 유럽에서 왔는지 물으며 내 머리칼을 쓰다듬었다. 뾰족하고 날카로운 콧날을 슬쩍 만져보는 아이들도 있었다. 산에서 왔고 외할아버지가 코카서스 청년이라고 대답하면 아이들은 손가락으로 머리 위를 빙빙 돌리는 시늉을 했다.

"산에서 왔대."

"외할아버지가 청년이래."

수니 할머니는 내가 똑똑하다고 칭찬을 해줬는데 선생

님의 질문에 내가 대답을 할 때면 아이들은 킥킥, 거리며
웃었다.

   할머니들과 있을 때는 몰랐는데 또래 아이들과 있으니 내
발음이 약간 어눌하다는 것을 알 수 있었다. 특히, 받침이
있는 발음을 할 때는 긴장을 해서 혀가 뻣뻣해졌다. 특이하
고 새로운 것에 호기심을 드러내고 재미있어했던 아이들은
답답해하기 시작했다. 호기심이 시들해졌을 때 아이들은 내
가 자신들과 다르다는 것이 불편하고 기분 나쁘다는 결론
을 내린 것 같았다.

   "네 눈 색깔이 푸른색에서 녹색으로 변해. 희한해."

   "네 눈은 새카매. 정말 예뻐."

   내 짝꿍과의 대화에 남학생이 끼어들었다.

   "카멜레온 같아. 흡혈귀의 피가 섞인 것 아닐까. 무서워,
마녀다."

   그러면 교실에서는 카멜레온, 흡혈귀, 마녀, 라는 말들이
거침없이 쏟아져 나왔다. 어떤 아이는 내 책가방이 남학생
용이라고 나도 알고 있는 사실을 알려주었다.

   "너한테서 노랑 내가 나."

   급식 시간에 곁에 앉았던 아이가 식판을 들고 일어나 자
리를 옮겼다. 한 아이의 목소리는 곧 스물일곱 명의 목소리

가 되어 스물일곱 명이 똑같이 나한테서 냄새가 난다고 말했다. 훈김이 나는 식당 냄새를 나도 견딜 수 없었다. 나에게서 냄새가 난다고 말하는 내 짝꿍과 아이들에게서도 냄새가 났다. 쉬어 빠진 김치 냄새 같고 수니 할머니가 비닐하우스에 사용하기 위해 모아두는 거름 냄새 같기도 했다. 너희들한테도 거름 냄새가 나, 라고 말하고 싶었지만 참았다. 스물일곱 명을 상대할 기력이 없었다. 무리 지어 나를 돌연변이, 변종으로 만드는 것이 그들의 규칙이었다.

***

몸에 흐르던 물기가 말랐다. 손바닥에 허브 오일과 워터 스프레이를 뿌려 허리 곡선과 길고 가느다란 허벅지에 발랐다. 헤어드라이어로 머리칼을 말렸다. 천연 헤나로 염색한 블랙 머리칼에서 헤나가 빠져 다시 가늘어졌다.

속에서부터 새롭게 올라오는 블론드가 눈에 거슬렸다. 빗으로 가르마를 탔다. 머리통과 얼굴이 작아 가르마 타기가 쉽지 않았다. 조금만 비율을 못 맞추면 머리가 한쪽으로 쏠리는 느낌이 들었다. 가르마를 여러 번 움직이며 블론드가 드러나는 속 머리칼에 마스카라로 검게 칠했다. 왼손으로 눈두덩을 잡고 블랙 아이라인으로 라인을 두껍게 그렸다. 이집트 벽화 속 여인처럼 끝을 살짝 올렸다. 마스카라로 눈썹과 속눈썹을 덧발랐다. 블론드를 블랙으로 바꾸고 나니 마음이 차분해졌고 눈동자도 푸른색에서 진녹색으로 변했다.

어젯밤 미리 왁싱 해놓은 몸에 바디 로션을 발랐다. 솜털이 깎여나간 피부는 하얗게 각질이 일어나 몸이 진득거릴 정도로 로션을 발라야 했다. 팔꿈치와 갈비뼈, 배꼽 아래와 치골 주위를 문질렀다. 컨실러로 목과 가슴 부분의 뾰루지와 점을 꼼꼼히 가렸다. 백색 피부는 건조하고 얇아 햇살에 노출되면 금세 붉게 일어나고 뾰루지가 생겼다. 브러쉬로 핑크와 펄 파우더를 믹싱 해 코끝과 쇄골이 드러난 곳에 가볍게 터치했다. 엄마 라라는 밥을 굶어도, 심지어 술을 못 마셔도 화장은 해야 했고 화장품과 옷 사는 것에 돈을 아끼지 않았다. 물론 엄마가 돈을 낸 적은 거의 없지만.

저주받은 혈통이라 했지만 나 유리 진, 또한 몸치장하는 것이 좋았다. 브래지어와 팬티를 색조화장품이 든 파우치에 담아 가방에 넣었다. 모델리아 실장은 혹시나 생길지도 모르는 자국을 염려해 노브라와 노팬티로 오라고 했다. 입고 벗기 편한 랩 원피스를 입었다.

적의를 누르고 멸시를 견디며 겨우 고등학교를 졸업할 수 있었지만 내 수능 시험성적으로는 어느 대학도 갈 수 없었다. 엄마 라라는 불같이 화를 냈다. 엄마의 세 번째 남편 아들, 수혁이 의대 면접까지 통과해 최종합격했다는 사실에 그녀는 더욱 분노했다. 작년에 인성 면접에서 떨어졌던 수혁이 이번에 어떻게 통과했는지 의아했다. 라라는 세 번째 남편인 제사공장 사장 앞에서 내색하지 않았지만 내 방문을 닫고 들어와 재수하라고 했다. 재수가 아닌 수십 년을 공부해도 공부 머리가 없다는 것을 그녀도 알고 하는 소리였다.

내가 싫다고 하자 엄마는 제사공장 사장이 그동안 대주었던 학원 비용까지 셈을 하며 따져 들었다. 엄마는 진학 상담 선생님의 정보와 충고를 무시하고 무작정 서울로 올라갔다. 대학 입시 상담실로 찾아가 혼혈 혈통을 앞세워 특별전형과 특례입학을 상담했지만, 전문대 의상학과, 모델학과까지 특별전형 대상자여도 학생부 성적이 반영된다는 것을 재확인했다. 그녀는 서울에 있는 예술전문학교를 샅샅이 뒤졌다. 내신과 수능 시험성적이 적용 안 되는, 학비만 내면 백 퍼센트 합격시켜주는 학교를 두세 개 고른 후 나에게 형식적인 면접을 보게 했다.

엄마 라라는 내 면접을 핑계 대고 서울로 올라왔다. 그 와
중에도 틈틈이 쇼핑하러 명동과 대학생이 바글거리는 신촌,
홍대 거리를 돌아다녔다. 엄마가 선택한 학교는 재단의 재
정이 든든하고, 졸업생 취업률이 높은 예술전문학교라 했
다. 이름만 전문학교였고 교육부에서 학위를 인정해주지 않
는 사설 학원과 마찬가지인 곳이었다. 그녀는 수혁에게 얻
어준 원룸과 똑같은 돈을 받아 나에게 합정동에 원룸을 얻
어주었다. 남은 돈은 내 통장에 입금 해주었다.

"첫이 중요해. 처음 받아들일 사내를 잘 만나야 해. 서투
른 욕망으로 아무에게 헤프게 굴지 말란 말이야. 처음이 시
시하면 두 번째도, 세 번째도 거기서 거기가 되지, 확, 뛰어
넘지 못해."

엄마 라라는 내 통장에 입금해 놓은 돈으로 싸구려가 아
닌, 고급 옷과 구두를 사도록 당부했다.

"운동화를 신으면 흙만 밟게 되고 뾰족한 구두를 신으면
카펫을 밟게 된단다, 내가 우월한 외모와 몸을 물려줬으니
니 맘대로 헤프게 굴리면 안 돼, 명심해."

그렇게 당부하고 돌아간 엄마 라라는 다음날 새벽에 끓어
오르는 기름 같은 목소리로 전화했다. 제사공장 사장이 뇌
경색으로 쓰러져 병원에 갔다고 했다. 수혁의 아버지는 내

가 수강 신청을 끝내고 워킹수업과 발레 수업을 한 달째 받는 동안에도 의식이 깨어나지 않았다. 숨을 쉬고 눈을 깜박거렸지만, 눈꺼풀을 활짝 열지 못했다. 코마 상태가 길어지자 그를 뇌 전문 병동에서 일반 병실로 옮겼다.

제사공장 사장이 쓰러지자 그의 여동생 두 명이 기다렸다는 듯이 계획한 일은 라라 유리예브나 스미르노프를 내쫓는 것이었다.

그들은 라라가 마녀이기에 강단 있었던 자신들의 오빠가 반송장이 되었다고 생각했다. 뇌경색으로 쓰러졌지만 골든타임 안에 응급처치 혹은 병원에 왔으면 결과는 호전되었을 거라는 것이 의사의 소견이었다. 의사는 라라에게 전날 상황을 설명하라고 했다. 라라는 그와 관계를 맺은 후 벌거벗은 그를 내버려 두고 거실로 나가 음악을 들으며 보드카를 마셨다. 술에 취해 소파에 쓰러져 잠들었다가 새벽에 침실로 들어갔을 때야 딱딱하게 굳어진 몸을 발견했다. 의사가 복용한 약이 있었는지 물었을 때 라라는 태연스럽게 말했다.

"그이는 삼 년 전부터 비뇨기과에서 처방해준 약을 먹어야만 그게 가능했어요."

라라의 차분한 음성을 들으며 수혁의 고모들은 소름이 돋아 팔을 쓸어내렸다. 처음부터 사악한 기운이 싫었지만, 오빠 때문에 참았다.

　그녀들은 라라가 올케를 대관령의 산속 기도원으로 보냈을 때부터 불안했다. 불안했던 예감이 현실로 들이닥쳤다. 재산이 고스란히 라라에게 갈 것을 염려했던 그녀들은 제사공장 사장이 뇌 전문 병동에 있을 때 주민 센터에 가 등본을 떼어보고 시청에서 주택과 공장 등기를 확인해보았다. 서류를 확인한 그녀들은 마주 보고 손을 꼭 잡았다.

　그녀들은 오빠의 의식이 돌아올 때까지 라라를 곁에서 병간호라도 하게 두려 했다. 그런데 병실에서 라라를 마주칠 때마다 속이 뒤집혔다. 라라는 앞 가슴골에 노란 솜털이 보일 정도로 파인 옷을 입고 있었다. 밀가루 반죽을 부풀려 놓은 것처럼 하얀 가슴에 돋아난 주근깨와 점이 도드라져 보였다. 눈에 거슬렸지만, 이상하게 자꾸 쳐다보게 되었다. 환자의 소변 통을 비우기 위해 몸을 숙였을 때 출렁이며 아래쪽으로 쏠리는 가슴과 깊어지는 가슴골이 드러났다. 넋을 빼고 그것을 쳐다보는 의사의 표정에 그녀들은 기겁했다. 짙은 눈 화장과 붉은 입술도 못마땅했지만, 그녀들이 제일 못 참았던 것은 보는 이로 하여금 저절로 손을 대보고 싶게 만드는 몸 구석구석에 마구 뿌려댄 독한 향수 냄새였다. 향수 사이에서 번지는 노랑 내는 딱, 마녀의 냄새였다.

그녀들은 서류를 확인해보곤 안도의 숨을 내쉬었다. 기도원에 있는 올케와 오빠는 이혼하지 않았고 주택과 공장도 소유주 변동이 없었다. 그녀들은 자신들만으로 라라를 상대할 수 없다는 것을 알기에 남편들까지 대동해 라라를 찾아갔다.

병원을 가기 위해 화장대 앞에서 공들여 화장하던 라라는 그들이 거실에 기다리고 있는 것을 알면서도 립스틱을 꼼꼼하게 발랐다. 화장을 마치고 버건디 골지 원피스를 입었다. 몸에 촥, 달라붙어 아랫배가 볼록하게 보이는 것 같아 벗어버리고 연하늘색 쉬폰 원피스를 입었다. 거실에서 들려오는 남자들의 목소리에 벗었던 버건디 골지 원피스를 다시 입고 거실로 나왔다. 허리 라인을 감싸고 몸에 붙은 원피스는 허벅지에서부터 옆선이 터져 걸을 때마다 길고 탄탄한 근육이 도드라지는 허벅다리가 보였다.

라라는 거실에 나와 소파에 앉은 그들이 자신을 바라보기 위해 고개를 돌렸을 때야 손목에 감아뒀던 고무줄로 블론드 머리칼을 틀어 올려 묶었다. 머리칼을 묶기 위해 턱이 들려졌고 붉은 입술은 저절로 벌어졌다. 틀어 올려 묶은 뒤 귀밑의 머리카락 몇 올을 빼는 것까지 입을 벌리고 쳐다보던 남자들은 헛기침하며 꼬았던 다리를 풀고 양복 재킷을 벗어 앞섶을 가렸다. 라라는 일인용 소파에 긴 다리를 꼬고 앉으며 나란히 재킷을 덮고 있는 남자들을 향해 웃으며 인사를 했다.

자매 중 언니인 여자가 봉투를 내밀었다. 봉투의 의미를 알고 있는 라라는 희미하게 한숨을 내뱉으며 웃었다. 비참함을 감추려는 웃음이었으나 여자들에게는 비웃는 듯한 사악한 웃음으로 여겨졌고 남자들에게는 마음을 후벼 파는 묘한 감각을 불러일으키는 아찔한 웃음이었다. 라라는 가늘고 흰 손가락을 뻗어 봉투를 집어 들었다. 봉투 안의 돈을 꺼내 천천히 셌다. 오래 셀 것도 없이 한 달 정도의 생활비였다. 구질구질하게 아끼면 두 달은 버틸 수 있을 거였다.

라라가 울음을 삼키며 말했다.
"전 그이를 진심으로 사랑해요. 그이 없이는 살 수 없어요. 의식이 깨어날 때까지 곁을 지킬 거예요."
여자들은 라라에게 아직 젊은 나이고 앞날이 창창하니 갈 길을 가라고 단호하게 말했다.
"이 집에서 십 년 넘게 고생했어요. 병든 마님 뒷수발을 했고, 수혁이도 최고 대학 의예과에 보냈어요. 이렇게 내쫓길 수는 없어요."

"법적으로 인정해주는 관계도 아니잖아. 골든 타임만 잘 지켜줬으면 저 지경까지 가진 않았을 테지. 불쌍한 우리 오빠."

"책임을 따지면 라라만 더 험한 꼴을 당할 텐데."

자매들은 기다렸다는 듯 재빠르게 말했다. 자매 중 동생이 오빠가 깨어나기 전까지 자기가 이 집에 들어와 살겠다며 손수건을 꺼내 눈을 문지르며 우는 시늉을 했다. 라라는 대학에 입학한 유리 진 핑계를 대며 금액의 열 배를 요구했다. 여자들은 공장 부지 분리매각도 실패해 은행 이자 빚만 불어나고 있다며 남자들에게 눈짓했다. 앞섶을 덮고 있는 재킷에 손을 넣고 있던 남자 중 한 명이 라라에게 갈 곳은 있는지 물었다.

그는 라라가 공장에서 일할 때부터 눈여겨보았다. 라라를 집으로 데려와 사는 처남댁이 부러웠고 질투가 났던 참이었다. 옆에 앉았던 남자도 딸아이가 이번에 대학을 가지 않았냐고 물었다.

"지금 무슨 말 하는 거예요?"

자매 중 언니로 보이는 여자가 팔짱을 끼며 남자들을 흘겨보며 신경질을 부렸다. 남자들이 나서서 다섯 배를 주자며 중재했다. 여자들이 못마땅한 듯 입을 뾰족하게 내밀고는 당장 짐을 챙겨 나가라고 했다. 라라는 자신을 도둑 취급하며 감시하는 그녀들에게 성질대로 달려들어 얼굴을 할퀴고 싶었지만 참았다.

그녀는 세 개의 트렁크에 옷과 화장품을 챙기면서 앱솔루트 보드카 한 병을 꺼내 마셨다. 여자들이 거실 층계를 올라가 이 층으로 올라갔을 때, 라라는 화장대 서랍을 열어 보석함을 펼쳤다. 제사공장 사장이 라라 자신에게 금반지 하나 사준 적이 없다는 것을 깨달았다. 그녀는 보석함에서 사장 아내의 보석들을 만져보다 모조리 꺼내 트렁크에 쏟아부었다. 여자들이 불러준 택시에 트렁크를 싣고 난 후 라라는 뒤를 돌아 대리석 외벽을 가진 이층집을 바라보았다. 라라의 푸른 눈동자가 진녹색으로 변했고 얼굴에는 묘한 웃음이 깃들었다.

엄마 라라는 나에게 능력 있는 다섯 번째 아버지를 찾아주겠다고 말했다.

"네 번째 아니야?"

"까칠하긴. 네 번째건 다섯 번째건."

핸드폰 너머로 그녀가 까르륵 웃었다. 그 웃음소리에 술 냄새가 나는 듯했다. 엄마 라라는 아마, 당분간은 코가 삐뚤어지도록 독주를 마실 거였다.

다음 날, 학교 행정실에 찾아가 아르바이트 신청 서류를 작성해 제출했다. 행정실 직원은 곧 연락을 주겠다고 했지만, 일주일이 지나도 연락이 없었다. 피팅 모델을 구한다는 사이트에 가입해 상반신을 찍은 사진과 키, 몸무게 등을 적어놓았다. 하루 사이에 열 개도 넘는 댓글과 일일이 확인하지 않아도 의도를 알 수 있는 쪽지들이 날아왔다. 다섯에 서너 개는 취미로 사진 찍는데 시급 십만 원을 줄 테니 연락처부터 달라는 쪽지였다. 금액 상관없이 화끈한 만남을 원한다는 쪽지도 수두룩했다. 두 군데는 직접 쇼핑몰 주소를 링크 걸어 놓았지만 부산 쪽이었다.

나는 모델리아, 라는 각종 모델과 클라이언트를 연결해주는 홈페이지까지 갖춘 에이전시로 들어가 게시판에 비밀글로 사진과 신체 정보, 핸드폰 번호를 남겨두었다. 모델리아에서 연락이 왔다. 전화를 건 여자는 곧바로 주말에 모델 아르바이트가 있다고 했다. 글로벌 네일 아트 대회에서 손 모델을 찾는다는 것이었다. 나는 손톱을 자른 후의 길이인 손톱 바디를 자로 재어보았다. 16mm였다. 12mm 이상 14mm 정도 달걀 모양의 손톱 조건보다 훨씬 긴 손톱이었다.

글로벌 네일 아트대회에서 내 손은 인기였다. 네일케어, 젤프렌치, 스캅춰 세 종목에 참여했고 내 손톱을 모델로 대회 참석했던 여자가 수상했다. 연장한 인조 네일 위에 화이트 파우더로 겹꽃을 만든 후 자주와 진분홍 컬러로 2D 엠보 장미꽃을 그린 후, 큐빅을 붙였고 마지막으로 펄 파우더를 뿌렸다. 내 손을 선택한 대회 참가자는 자신이 수상할 것이라 확신했고 도쿄 네일 아트 전시회에 참가하게 되면 함께 가자고 제안했다. 나는 애매하게 웃으며 대답하지 않았다. 학위를 인정해주는 학교는 아니었지만 계속 다닐 수 있을지도 알 수 없었다. 엄마 라라는 일주일 동안 전화를 안 받았다. 학비를 감당할 경제력이 없을 것이 분명했다. 그렇다고 수니 할머니에게 기댈 수는 없었다.

아트 스쿨에서는 우수 학점과 교외 모델선발대회에 선발된 경우 장학금과 예술지원금을 주는 제도가 있었다. 그렇지만 그건 한 학기가 끝난 후의 일이었다. 워킹 레슨과 무용

레슨은 매달 따로 등록해야 했다. 한 학기라도 버틸 수 있을지 알 수 없었다. 머릿속으로 끊임없이 돈 계산을 했다. 대회 내내 손을 허공에 쳐들어 손가락 핏기를 빼고 사람들 앞에 펼쳐 보여줬다. 대회가 끝나고 받은 아르바이트 금액은 고작 십만 원이었다. 한 종목당 삼만 삼천 원이라 했다. 얄팍한 봉투를 열어보고 실망한 내 표정을 본 모델리아 실장이 나에게 명함을 주며 사무실로 같이 가자고 했다.

그의 차는 아우디 A6였다. 나는 차에 탄 후 무릎 위에 손톱을 펼쳐 올려놓았다. 손톱 네일을 처음 해 손톱이 근질거렸고 어색했지만, 자꾸 들여다보고 싶을 정도로 예뻤다. 실장은 운전석에 올라타며 테이크 아웃 커피잔을 주었다.

"쏟지 마. 차 받은 지 사흘 됐어. 신형 페이스리프트 스포츠 세단이야."

그는 차를 사기 위해 브로커에게 웃돈까지 주고 겨우 살 수 있었다고 묻지도 않았는데 말했다. 갑자기 짜증이 솟구쳤다.

"차종이 뭔지, 가격이 얼마인지 안 궁금해요."

누구는 외제 차를 몰고 다니고 종일 일한 나는 아르바이트 비용 십만 원을 받고 손톱을 들여다보며 행복해했다는 현실이 구질구질했다. 알루미늄과 리얼 우드로 장식된 오디오에 커피를 쏟아붓고 싶었다.

"너, 한국말 잘하는구나."

사무실에는 커다란 탁자를 중간에 두고 양쪽에 책상이 세 개씩 붙어있었다. 여섯 명의 직원은 모두 여자였고 컴퓨터 화면을 들여다보며 얘기를 주고받았다. 실장은 사무실을 가로질러 안쪽 방으로 들어갔다. 명함엔 실장이지만 자신이 이 회사의 실질적인 사장이라고 했다. 그는 자신의 대학 동창 누구는 연예인 누구누구를 키웠고 걸 그룹을 만들었고, 함께 성인 야구를 하는 친구는 전자회사의 1년 전속 모델계약을 잡았고, 또 다른 친구 누구는 호주와 캐나다, 미주, 동남아 쪽에서도 왕성하게 사업을 펼치고 있다고 말했다. 특히, 싱가폴 모델 에이전시 펜텀과 제휴를 맺었다는 것을 강조했다. 나는 그가 말하는 것을 건성으로라도 호응하지 않고 손톱에 박힌 큐빅을 만지작거렸다.

"너, 이런 것도 안 궁금하나?"

"네."

정말이지 왜 그런 것을 일일이 설명하는지 관심 없었다. 의지와는 상관없이 선택된 학교였고 당장 할 수 있는 일이 없기에 아르바이트를 했다. 적극적으로 모델 일에 뛰어들고 싶은 생각은 없었다. 하고 싶은 일은 무엇인지 할 수 있는 일이 무엇인지 생각해 본 적도 없었다. 악착같이 이루고 싶은 무언가도 없었다. 외모만으로 혼혈인이라는 편견으로 보편적인 직업을 얻기 힘들 것이라는 것을 충분히 겪었다. 화려하게 성공한 타인의 사례를 들으며 부러워하기에는 당장 내 현실이 급했다. 지금으로선 당장 먹고 살아갈 일이 막막했다.

그는 모델리아를 소개하는 파일을 몇 개 펼쳐 보였다. 요즘은 여러 분야에서 전문성을 가진 모델을 필요로 한다고 했다. 모델리아의 주요 고객 중 하나가 성형외과와 치과였다. 성형수술 전, 후를 비교해주는 수술 후기를 작성하는 모델을 찾아 연결해준다고 했다. 후기 작성은 모델리아 직원이 대신 작성해준다고 했다. 그는 소파에 앉은 나에게 자리에서 일어나 문 앞까지 걸어 가보라고 말했다.

"왜요?"

나는 팔짱을 끼었다가 다시 풀고 고개를 왼쪽으로 쳐들고 그냥 서 있었다. 그가 일어섰지만, 키가 나보다 작았다. 그는 날카로운 눈초리로 내 몸 위아래를 훑어보았다.

"이, 한번 해볼래? 이를 보자."

당황한 나는 몸을 약간 구부려 어색하게 입을 벌려 이를 보여줬다.

"치아까지 고르구나. 넌, 병원 모델은 할 게 없겠네."

그가 인터폰을 누르자마자 여직원이 들어왔다. 그는 나를 가리키며 말했다.

"쟤, 어디 피팅 모델 할 거 없을까?"

직원은 재빠르게 나를 훑어보았다.

"피팅 모델은 대부분 쇼핑몰에서는 실구매자를 상대로 하기에 클라이언트들이 외국인은 선호하지 않는 편입니다. 요즘은 통통 55호 모델을 찾는 곳도 많아요."

"저, 외국인이 아니거든요. 한국인이고 주민등록증도 있고 한국말도 잘해요."

"너, 한국인이래도 혼혈로 보여. 겉모습이 외제잖아."

실장은 내 말에 피식 웃으며 고개를 끄덕이더니 서 있는 여자를 올려보았다.

"지난주, 속옷 피팅 의뢰 들어오지 않았어?"

"그건, 이미 소라가 하기로 했어요."

"그래, 너. 일단 그거 해봐라. 같이 보내봐, 연습 삼아."

사무실로 나와 둥근 탁자에 앉아 기다리자 여자가 뒤따라 나왔다. 여자는 내 앞에 서류를 내려놓고 시급 오만 원이라

적은 곳 아래 빨간 볼펜으로 밑줄을 그었다. 나는 놀라 고개를 들었다.

"이거 너한테만 주는 특별 금액이야. 시급 삼만 원, 센 거야. 사진은 보통 서너 시간 찍어. 다른 의뢰 들어오면 연결해 줄게."

나는 서너 시간에 시급 오만 원을 곱해 보았다. 거절할 이유가 없었을 정도로 우월한 시급이었다. 그래서 나는 서류에 인적사항을 적고 사인을 했다. 팀장과 함께 연습 삼아 해보라는 속옷 피팅 모델 사진을 찍기 위해 스튜디오로 갔다.

속옷은 대학 신입생 여학생들을 대상으로 만들어진 브래지어 팬티 세트였다. 실제로 세트 이름도 첫날밤, 첫미팅, 첫외박, 첫여행, 상큼한 그녀, 교정의 햇살 등으로 첫, 이라는 단어가 많이 붙었다. 상큼하고 발랄한 이미지를 위해 내 어깨, 배꼽과 골반 사이에 있는 문신은 포토 샵으로 지우기로 했다.

소라, 라는 여자와 나는 각자 독사진을 찍기도 했고 나란히 싸구려 분홍 레이스가 달린 속옷 세트를 입고 함께 사진을 찍기도 했다. 나는 누가 시키지도 않았는데 소라의 어깨에 팔을 올렸고 그녀의 허리를 손으로 잡기도 했다. 촬영

후, 카메라 기사가 나에게 내면에 잠재된 모델 본능이 꽉 찼다고 칭찬을 했다. 쇼핑몰에서 온 여자는 우리에게 입었던 속옷은 선물이라며 가져가라고 했다.

파티션 뒤에서 빳빳한 속옷을 벗고 파우치에서 내 속옷을 꺼내 입을 때, 소라가 속옷을 벗지 않고 팔짱을 끼고 서서 나를 노려보았다.

"너, 어디서 나타났어? 내 앞에서 알짱거리지 말고 꺼져."

소라는 완벽한 설계로 공장에서 찍어낸 플라스틱 인형처럼 얼굴 구석구석을 찢고 실리콘을 넣어 부풀려 미인으로 보였고 어려 보였다. 또 그래서 예전에는 미인이 아니었을 것이라는 확신과 보이는 것보다 나이가 많을 것이라는 추측을 할 수 있었다.

조명에 노출된 그녀의 얼굴은 싸구려 레이스처럼 광택이 났고 번질거렸다. 벗어놓은 레이스 속옷을 집어 들었다. 싸구려 레이스는 살갗을 벨 것처럼 빠닥빠닥했고 광택이 났다. 엄마 라라의 레이스 속옷을 만졌을 때 부드러움과 빛을 흡수하는 그 촉감을 나는 알고 있었다. 진짜 고급 레이스는 뻣뻣하지도 않았고 광택이 나지 않았다.

'우리는 단지 싸구려 레이스 속옷을 입고 사진 몇 장 같이

찍는 것뿐인데.'

뭐가 싫고 두려워 꺼지라는 것인지 알 수 없었다. 그녀는 미간 사이 넣은 보톡스로 인해 화를 내고 있음에도 웃고 있는 것처럼 보였다. 나는 눈썹을 최대한 내리깔고 곁눈질로 여자의 인형 같은 얼굴을 내려 보곤 입술 끝을 올려 환하게 웃어주었다.

2. 올빼미 도둑

강은 도시를 관통했다. 강물 폭이 좁아지는 강변 뒤쪽 지붕을 녹색 페인트로 칠해놓은 공장이 있었다. 제사 공장이다. 공장 건물은 단층으로 여섯 개 동이 있었지만 네 개의 동은 폐쇄되었고 가동되고 있는 것은 단 두 개였다. 그것마저 중국 공장으로 이전한다는 소문이 있었지만, 소문은 늘 소문으로만 존재했다.

공장 마당에는 녹색 여름 작업복을 입은 서른 명의 여자 공원들이 체조하고 있었다. 최신 가요를 틀어놓고 앞에서 격렬하게 율동 하는 에어로빅 강사의 몸짓을 여공들은 맥 없는 손놀림으로 겨우 따라 했다. 들끓는 햇살 아래 녹색 작업복은 더워 보였고 시든 채소처럼 시들해 보였다. 녹색의 여공들은 단체체조가 끝나자 바람에 휩쓸리는 풀처럼 건물 안으로 몰려갔다. 플라타너스 나무 그늘에서 여공들의 단체체조를 구경하던 나는 운동장으로 한 발짝 걸어 나갔다.

은침처럼 날카로운 햇살이 머리꼭지를 콕콕 찔렀다. 현기증이 생겨 뒷걸음질 쳐 나무에 등을 기댔다. 바글거리는 녹색 무리에서 뒤처진 엄마 라라가 헐렁한 작업복에 손을 넣으며 나에게 다가왔다. 그녀는 상의 주머니에서 열쇠를 꺼내 내 쪽으로 던졌다. 나는 재빨리 받지 못해 그것을 떨어뜨렸다. 단단하게 다져진 운동장 바닥에 떨어진 금속 조각이 햇살에 반짝거렸다. 엄마는 인상을 찌푸리며 빠른 걸음으로 녹색 무리 속으로 합류했다. 운동장에 혼자 남은 나는 열쇠를 집어 들었다.

제사 공장을 빠져나와 버려진 목재 더미가 쌓여있는 공터를 지났다. 더덕향이 코를 찌르는 집 앞에 서서 집 전체를 바라봤다. 이 층으로 된 집의 외벽은 흰색 바탕에 갈색과 검은 점이 박힌 대리석이었다. 담장을 따라 더덕이 짙은 향을 뿜으며 자라고 있었다. 테라스에는 제라늄이 줄줄이 늘어서서 붉은 꽃을 부풀렸다. 열린 모든 창에는 하얀 레이스 커튼이 바람에 휘날렸다.

아름다운 집이다. 엄마 라라 유리예브나 스미르노프는 언제가 자신이 이 집의 주인이 될 것이라고 말했다.

하얀 대문 앞에 서서 발끝을 들어 올리고 우체통에 손을 넣었다. 손에 들려져 나온 편지의 수신인을 확인했다. 수니 할머니 편지는 한 달, 두 달이 지나도 도착하지 않았다. 끄집어낸 우편물을 다시 우체통에 집어넣고 마당으로 들어갔다. 일 층 층계참에 있는 돌사자의 얼굴을 쓰다듬다가 몸을 숙이고 층계 아래로 내려갔다. 지하 입구에서 열쇠로 문을 열었다.

반반한 가구 하나 없이 행거에 옷만 잔뜩 걸린 방 한쪽에 비스듬히 서 있는 전신거울은 비좁은 방 안에 서 있는 나를 나보다 훨씬 크고 길쭉하게 비췄다. 내가 손을 휘저으며 좁은 방을 걸으면 비스듬한 거울 속의 나는 실제의 나보다 더 활발하게 움직였다. 거울 앞에 엎드려 국어책을 펼치고 글자를 따라 썼다. 거울 속 노랑머리 여자애가 나를 쳐다보다 눈이 마주치면 웃어주곤 해서 혼자였지만 외롭지 않았고 견딜 만했다.

　정규 수업이 끝나면 방과 후 수업을 듣지 않는 나는 엄마
라라의 공장으로 갔다. 공원들이 단체로 체조하는 시간이었
고 엄마는 꼭 그 시간에 맞춰 열쇠를 받으러 오게 했다. 열
쇠를 받으면 곧장 지하 방으로 가기도 했지만 대체로 학교
로 되돌아갔다. 거울 속에서 혼자 움직이는 나를 보는 것보
다 운동장 돌계단에 앉아 지나가는 아이들을 보는 것만으
로도 좋았다. 이따금 반 친구가 아닌, 다른 반 아이가 수줍
어하며 손을 흔들고 지나가기도 했다.
　'안녕, 나는 유리 진이야. 우리 친구가 되자.'
　'마음을 나누는 친구는 힘들고 외로울 때 위로가 되고 도
움을 준대.'
　'지금, 나는 힘들고 외로워.'
　나는 지나가는 아이들을 빤히 바라보며 속으로 말했다.

　고학년 남학생이 다가왔다. 나는 속으로 웅얼거리던 말을
입 밖으로 꺼냈다. 그 남학생은 내 말에 입꼬리를 올리며 웃
었다.
　"가슴 한 번 만지게 해주면 친구가 되어줄게."

내가 머뭇거리고 있을 때 남학생이 재빨리 걸어와 돌계단에 앉은 내 앞에 섰다. 남학생의 말이 무슨 뜻인지 몰랐다. 남학생이 내 머리칼 속에 손을 넣었다가 뺨을 쓰다듬었다. 나는 머리를 왼쪽으로 틀었다. 남학생이 내 팔을 잡아당겨 나를 일으켰을 때, 농구공이 날아와 내 머리통을 쳤다. 남학생과 내가 동시에 공이 날아온 곳을 돌아다보았다. 수혁이었다.

"너, 엄마가 저기서 기다려, 빨리 오래."

어느결에 수혁이 내 앞으로 와 내 가방을, 원래는 수혁의 가방이었던 검은 가방을 어깨에 메고 내 팔을 잡아 일으켜 세웠다. 나는 수혁의 손을 잡은 채 잔디밭을 가로질러 뛰었다. 농구공을 가져오지 않았다는 생각에 뒤를 돌아보았다. 고학년 남학생이 운동장을 향해 농구공을 찼다.

"공을 안 가져왔잖아."

"괜찮아. 바람 빠진 거야. 아니면 네 골이 튀어 나왔을 거야."

"골이 어떻게 튀어나와? 나 바보 아니야."

우리는 학교 정문 경비실 앞에서 걸음을 멈추고 숨을 골랐다. 나는 수니 할머니에게서 배운 복식 호흡을 했다. 코로 들이쉬는 숨 사이로 수혁에게서 나는 비누 냄새가 내 코로,

가슴으로, 뱃속으로 들어왔다. 나는 수혁의 곁으로 다가가 아주 천천히 숨을 내쉬었다.

"그림 그리러 갈래?"

수혁은 크레파스를 줬다. 수니 할머니의 기도원에서 여자들이 만다라 무늬에 채색하는 것을 봤다. 그렇지만 공백의 스케치북에 밑그림부터 내가 그리는 것은 처음이었다. 내가 마음대로 그리고 싶은 것을 그리는 거였다. 수혁은 책가방 위에 스케치북을 놓고 눈앞에 있는 나무를, 강물 건너편에 있는 뾰족한 교회 지붕을 쓱쓱, 그렸다.

우리는 방과 후, 각자의 교실에서 빠져나와 공장 앞에서 만났다. 친구를 사귀려고 감정에 껄떡거릴 일이 없어지자 나는 당당해졌고 교실에서 혼자 남겨져도 외롭지 않았다. 수혁은 폐쇄된 공장 건물에서 기다렸다. 나는 엄마에게 열쇠를 받아 들고 수혁을 향해 뛰어갔다. 나보다 키가 작고 깡마른 수혁과 숲에서 그림을 그렸다.

우리는 말 없이 오후의 햇살이 숲에서 사라지는 것을 목격했다. 크레파스가 손에 익었을 때 수혁은 수채물감과 팔레트, 물통을 가져왔다. 수혁은 팔레트에 물감을 짜고 색과 색을 뒤섞으면 다른 색이 된다는 것을 가르쳐주었다. 빨강에 파랑을 섞으면 보라색이 되었다. 녹색에 노랑을 섞으면 연두색이 되었고, 검정에 흰색을 섞으면 회색이 되었다. 빨강에 흰색을 섞으면 분홍색이 되었다.

색과 색이 섞이면 다른 색이 되는 것이 신비로웠다. 색과 색을 섞는 것이 나쁜 것이 아니듯 잘못된 것이 아니듯 다른 인종의 피가 섞이는 것도 잘못된 것이, 따돌림 받을 일은 아 닐 거였다. 나는 색을 단독으로 쓰지 않고 꼭 뭐든 조금씩 섞었다. 물감으로 색을 만들어보니 모든 색이 제각각 아름 다웠다.

내가 좋아하는 검정은 실제로 그림 그릴 때는 별로 사용 할 곳이 없었지만 나는 검정을 쓰기 위해 없는 까마귀를 그 리고, 없는 검은 바위를 그렸다. 하늘엔 비가 쏟아지기 직전 의 검은 구름을 잔뜩 그렸다. 수혁의 앙상한 어깨뼈 너머로 새들이 날아갔다. 우리는 저물어가는 햇빛을 받으며 흘러가 는 강물을 하염없이 바라보았다. 우리 중 누구도 강물 뒤로 보이는 녹색 지붕의 제사공장을 그리지는 않았다. 서너 차 례 계절이 변해도 우리는 말 없이 숲으로 갔다. 숲에서 그림 을 그렸다. 물감을 짜고 색과 색을 섞었다.

우리의 어깨가 닿을 듯, 닿을 듯, 가까워지다 살짝 부딪히면 우리는 서로의 몸을 슬쩍슬쩍 훔쳐보았다. 코로 숨을 들이마실 때마다 짙은 소나무의 향과 뒤섞인 수혁의 땀 냄새가 내 속으로 들어왔다. 물감처럼 까만 눈을 가진 수혁이 나를 바라보았다.

우리는 서로의 얼굴을 쳐다보며 숨을 내쉬었다. 작은 열매처럼 하얗고 단단한 우리의 얼굴이, 새파랗고 설익은 우리의 영혼이 숲속에서, 사라지기 직전의 햇빛 속에서 반짝거렸다. 그 짧은 순간, 우리의 입김이 각자의 입으로 스며들었다.

3. 밀랍 소년

마녀는 자신이 마녀라 생각하지 않는다. 존재만으로 주변을 공포의 공간으로 만들 수 있다. 곁을 내주었던 사람들을 함정에 빠뜨리고 내면의 깊은 바닥에 존재하는 마성을 드러내 한 사람의 인생 전체를 흔들어버린다.

자신에게 모든 것을 내준 사람을 파괴해도 죄책감을 느끼지 않는다. 죄책감은커녕 타인에 대한 배려 자체가 없다. 애초부터 그들에게는 타인뿐 아니라 자기 자신에게조차 슬픔과 연민의 감각이 없다. 자신이 불리해지면 자기 배를 갈라 낳은 자식조차 쇳조각이 끓어오르는 불구덩이에 밀어 넣는다.

처음부터 본색을 드러내지 않는다. 처음에는 천사의 모습으로, 약간의 이색적인 아름다움으로 타인의 영혼을 불안하게 흔든다. 흔들리는 불안한 영혼이 마침내 제 손아귀에 잡힌 것을 확인했을 때 가면을 벗어던진다. 쇳내 나는 손으로 타인의 가슴을 휘저어 살아 펄펄 끓고 꿈틀대는 심장을 꺼낸다. 찬물에 쏵, 식어버리는 쇠의 심장을 가진 그녀는 펄떡거리다 검게 타들어 가는 심장 따위는 거들떠보지 않는다. 그녀는 새로운, 자신의 심장을 달군 쇠처럼 만들어줄 새로운 것을 찾아 나선다. 더 강력하게 혹독하게 상대를 파괴할 수 있는 능력을 갖춘 채.

대강당에는 자리가 부족해 계단에도 사람들이 앉았다. 아이들 이름이 적힌 피켓을 든 학부모들이 무대에 자신들의 아이들이 오를 때마다 이름을 소리쳐 불렀다. 무리에 수혁의 이름이 적힌 피켓은 없었고 수혁을 보러 온 사람도 없었다. 가족으로 뭉쳐 다른 아이의 연주는 들을 귀를 갖추지 못한 채 따분하게 있는 그들 무리를 무시하고 수혁은 무대 위로 올라갔다.

감정을 절제하고 정확한 기교만으로 연주했다. 연주가 끝

낳을 때 잠시 대강당이 조용했지만 이내 다음 연주자 이름을 외치며 파이팅, 하는 응원 소리가 들렸다.

곡 선정과 실력은 상관없이 박수와 환호의 소리가 크면 무대 뒤로 들어온 연주자에겐 수혁이 느끼지 못하는 당당함이 흘러넘쳤다. 연주회 대상은 바이올린, 첼로, 피아노, 기타, 우크렐레까지 동원해 '사랑의 인사'를 연주한 합주 팀에게 돌아갔다.

조화롭게 연주했고 듣는 이를 행복하게 만들어주는 훌륭한 합주였다는 교장의 심사평에 일곱 명의 합주 팀으로 뭉쳐진 가족 덩어리들이 환호했다. 듣는 이를 행복하게 만들어줬다는 평에 어렸던 수혁은 쿡, 웃음이 나는 것을 겨우 참았다. 단체로 행복 콤플렉스에 걸린 사람들 같았고 연주대회 자체가 우스꽝스럽게 여겨졌다. 그 후로 수혁은 연주대회에 나가지 않았다.

영순 아줌마가 현관문을 열어주면 수혁은 최대한 뜸을 들여 옥외계단을 올랐다. 엄마는 현관으로 들어서는 발짝 소리를 듣고 이름을 불렀다.

"수혁아."

조용하고 나직한 목소리는 부엌 개수대에서 떨어지는 물 소리만큼 작았지만 팽팽한 침묵만 있는 집에서는 금세 알 아들을 수 있었다.

"오늘은 어땠니? 시험은 잘 봤니? 괴롭히는 친구는 없니? 짝꿍은 예쁘니?"

침대에 누운 엄마는 답이 정해진 시시한 질문들을 새롭다 는 듯 천진하게 했다.

'연주대회 날이었어요. 피아노 독주를 했어요. 베토벤 소 나타 월광 3악장을 실수 없이 쳤어요. 박수 소리만 가득했 어요. 박수 소리 속에 내 이름을 불러주는 사람은 없었어 요.'

수혁은 속으로 말했다. 사람들이 말하는 행복, 이라는 단 어가 의심스러웠고 어떤 감정인지 알 수 없기에 믿기지 않 았다. 애초부터 자신과는 거리가 먼 단어였고 감정이었다. 자신 앞에 던져진 현실을 바라보기만 했다. 감정 따윈 중요 하지 않다고 생각했지만, 엄마 앞에 서면 불안한 감정이 드 는 것은 수혁도 어쩔 수 없었다.

'교장이 목에 걸어준 조악한 은상 메달은 집으로 오다 강

물에 던져 버렸어요.'

"이리 오렴, 곁으로 다가와 엄마를 안아줄래?"

엄마의 입에서는 쓴 약 내가 났다. 푸석한 얼굴을 수혁의
얼굴에 비비면 수혁은 뼈만 앙상한 어깨를 밀쳐버리고 싶
었다. 의사는 병의 근원을 밝혀내지 못했다. 뼈와 근육, 관
절, 머리, 내장까지 시티 촬영과 추적 정밀 조사를 해봤지
만, 몸은 이상 없었다. 결국, 의사는 의지 문제이고 정신적
인 피해망상이 병을 키운다는 애매한 진단을 했고 희귀성
질환이라는 병명을 댔다. 몸을 일으킬 수 없는 엄마가 극렬
한 통증을 호소하면 안방에 작은 침대를 두고 잠을 자는 영
순 아줌마가 의사가 처방해준 진통제 주사를 났다. 영순 아
줌마가 시장을 가거나 약국과 병원에 갔을 때 진통이 찾아
오면 수혁이 주사기를 잡았다. 수혁은 뾰족한 주사 바늘 끝
에 맺힌 액체를 바라보며 벌벌 떨었다. 엄마는 수혁의 어깨
를 움켜잡고 눈을 위로 치뜨고 악을 썼다.

"수혁아, 얼른 찔러. 찔러라."

'나는 기껏해야 열 살이야. 무서워요. 엄마가 무서워요.'

엄마의 팔에 붉은 모래를 뿌려놓은 것처럼 오돌토돌한 주
사 바늘 자국을 보면 소름이 끼쳤다.

불에 태우다 건져낸 나뭇가지처럼 가늘고 검은 팔을 움켜쥐고 주사 바늘을 꽂을 때면 머리칼이 쇠침이 되어 등골로 떨어져 찌르는 것 같았고, 오줌을 지릴 것 같았고, 똥이 마려웠다. 눈을 까뒤집으며 온몸을 파르르 떨고 있는 것을 보면 엄마가 차라리 죽는 게 더 평온할 것 같았다.

땀으로 푹 젖어 이마에 달라붙은 머리칼을 떼어내고 이마를 닦아주다 수혁은 수건으로 엄마의 얼굴을, 입을 막아버리는 상상을 했다. 스스로 놀라 수건을 던지고 방을 뛰쳐나갔다. 이 층으로 올라가는 계단을 반도 오르지 못하고 다시 내려와 침대 곁으로 다가가 엄마의 가슴에 귀를 댔다. 강력한 약 기운이 돌아 약에 취해 몸이 축, 늘어진 엄마가 내뿜는 숨에서는 이상한 냄새가 났다. 죽음과 닿아 있는 불길한 냄새였다.

수혁은 침대 모서리에 등을 기대고 바닥에 쪼그려 앉았다. 굵은 소금을 한 움큼 삼킨 것처럼 목이 따가웠다. 약물이 빠진 빈 주사기를 들여다보았다. 약의 어떤 성분이 엄마 몸으로 흘러 들어가 진통을 멈추게 하는 것이 아닌, 진통을 잊어버리도록 강력한 작용을 하는지 두려웠다. 영순 아줌마가 어두운 방의 전등 켜고 수혁의 어깨를 흔들 때까지 수혁은 움직이지 않았다. 잠을 잔 것도 아니고 엄마를 생각한 것도 아닌, 그냥, 죽음과 닿아 있는 불길한 냄새 속에 있었다.

　제사공장과 공장 용지, 주택은 모두 엄마 소유였다. 공장장이던 외할아버지가 외동딸인 엄마에게 물려준 것이었다. 아버지는 엄마의 인감증명을 가지고 공장 용지를 담보로 은행에서 거액을 대출받았다. 제사공장 일부를 중국으로 이전할 계획이라고 했다. 말이 이전이지 가동하는 공장을 중단시키고 중국에 새로운 공장을 지을 작정이었다. 중국의 공장을 큰 고모부가 맡아서 관리하겠다고 나섰다.

　아버지는 공장 용지 매각을 결정했다. 아버지와 고모부의 대화를 들었던 그때, 수혁은 차라리 아무도 모르는 낯선 중국으로 가고 싶었다. 그곳이라면 이국인이라는 신분으로 새롭게 다시 시작할 수 있을 것 같았다. 공장 용지는 너무 커 매각하려는 작자가 나타나지 않았다. 값싼 중국산에 밀려 가동이 중단된 네 개 동은 버려진 폐가처럼 흉물스럽게 변해갔다.

할 수 있는 것이라곤 공장을 운영 관리하는 것밖에 몰랐던 아버지는 두 개 동을 가동했는데 메이드인 코리아, 로 제작되는 백 퍼센트 순면 티셔츠와 순면 내의가 다였다. 범람하는 메이드인 차이나 속에서 의외로 메이드인 코리아를 찾는 수요자가 많아 공장은 아슬아슬 유지는 하고 있었다. 공장 건물을 위탁, 관리하는 한국자산 신탁에서 공장 매각에 발 벗고 나섰지만, 이 작은 도시에서 2만 5천 평이 넘는 부지를 매수할 사람이 없었다. 다른 용도로 사용하려고 했으나 여섯 개 동의 공장 철거 비용도 만만치 않았다. 시청 직원과 협의해 공장 용지 분리매각을 결정했지만, 분리매각도 쉽게 되지 않았다.

늘 술에 취해 밤늦어서야 귀가하던 아버지가 어느 날, 이른 저녁에 붉은 장미 다발을 들고 있는 한 여자를 데리고 왔다. 수혁은 여자를 보는 순간, 숨이 막혔다. 북유럽 신화에 나오는 여신처럼 차갑고 신비롭고 아름다웠다. 길고 가느다란 몸에 어깨까지 흘러내린 고슬 거리는 블론드 머리칼을 손가락으로 빙빙 돌렸다. 아버지가 그녀의 커다란 싸구려 이민 가방을 소파 옆에 놓았다.

"안녕? 이름이 뭐니? 난, 라라야."

대답 없이 계단 앞에 서 있는 수혁에게 아버지는 대답을
안 한다고 소리를 질렀다.

"괜찮아요. 안녕? 천천히 친해지자."

여자는 소파에 앉아 노골적으로 거실을 두리번거렸다. 아
버지는 영순 아줌마에게 지하에 비워놓았던 방을 청소하라
고 했다.

"오늘은 잘 곳이 마땅치 않으니 이 층 손님방을 준비해놔
요."

엄마가 초등학생일 때부터 이 집에 와 일 한 영순 아줌마
는 여자를 힐긋 쳐다보곤 그릇을 소리 나게 거칠게 다뤘다.

"식탁 차리는 것 거들게요."

여자는 떨어지는 햇볕처럼 노랗게 치렁치렁한 머리카락
을 모아 한데 틀어 올렸다. 신문에 둘둘 말아 온 장미를 화
병에 꽂아 식탁에 놓았다. 영순 아줌마를 귀찮게 굴면서까
지 찬장 깊숙한 곳에서 찾아낸 커다란 와인 잔에 자줏빛 와
인을 따랐다. 수혁에게는 탄산수를 따라주었다.

육 인용 식탁은 장미와 여자의 존재로 어두침침한 방에
밝은 그림 한 점 걸어놓은 듯 어울리지 않았다. 어둑한 방과
는 어울리지 않았지만, 존재만으로 빛이 났다. 여자는 건배

를 제안했다. 아버지는 싫은 내색을 하지 않았다. 여자는 수혁에게 관심을 보이며 몇 살인지, 좋아하는 과목은 무엇인지, 다니는 학원은 어떤 곳인지. 여자 친구는 있는지 물었다.

수혁은 여자의 한국어 발음이 정확한 것에 놀랐고 어른들이라면 절대 묻지 않을 질문을 해서 다시 놀랐다. 여자는 가느다란 손으로 능숙하게 젓가락 끝을 잡고 사용했다. 반찬을 한 젓가락씩 덜어 앞 접시에 놓고 잘게 잘라 작고 도톰한 입에 넣고 씹지 않고 빨아먹는 듯 천천히 먹었다. 곁눈질하는 수혁과 눈이 마주치면 활짝 웃어주었다.

수혁은 속으로 여자의 이름을 불러봤다.
'라라.'

잠결에 차갑고 미끈거리는 무엇이 뺨을 간질였다. 차가운 촉감과 함께 깊고 야릇한 향이 코에 닿았다. 향은 은은한 것이 아닌, 숨 막히게 진했다. 수혁이 눈을 떴을 때, 라라의 얼굴이 수혁을 내려다보고 있었다.

달빛을 등지고 있어 그녀의 표정은 보이지 않았지만, 블론드 머리칼이 빛처럼 반짝거렸다. 폭넓은 레이스가 좁은 어깨를 가리는 흰 잠옷을 입은 라라는 방금 하늘에서 바람을 타고 내려온 듯 차갑고 깨끗한 사람 같았다.

"그동안 얼마나 외로웠니? 내가 네 엄마가 되어줄게."

눈을 뜬 수혁을 바라보며 미소 짓던 라라가 몸을 숙여 수혁의 이마에 입술을 댔다. 뜨거운 입술 감촉과 야릇한 향에 수혁은 숨이 막힐 것 같았다. 밀초에서 흐르는 촛농이 이마에 떨어지는 것 같았다.

***

라라가 지하 방에 들어오자마자 첫 번째로 한 일은 영순 아줌마를 내보낸 것이었다. 라라는 영순 아줌마가 다리를 절어 외출 시간이 길고 일하는 것이 굼뜨고 뒷손이 깔끔하지 못하다고 지적했다.

환자의 방을 자주 환기하지 않아 집 전체에 병균이 떠돈다고 주장했다. 영순 아줌마는 그런 라라를 못마땅하게 여겼고 자신이 이 집에 살아왔던 시절만 헤아리며 태연하게 굴었다. 영순 아줌마는 라라의 목적을 알고 있기에 경멸했고 자신이 덤벼봐야 이길 수 없다는 것을 알기에 한시라도 라라와 같은 공간에 머무는 것이 싫었고 떠나야겠다고 판단했다.

어느 순간, 라라는 환자가 누워 있는 방을 들락거렸다. 영순 아줌마의 표현에 의하면 어떻게 홀렸는지 환자가 라라에게 홀딱 빠졌다. 라라는 지하에서 일 층으로 올라오면 거실과 방방 마다 돌아다니며 창을 열었다. 촛농을 태우며 향을 내뿜는 향초를 곳곳에 켜놓았다. 엄마의 화장대에 앉았고 엄마의 향수를 뿌렸다. 엄마는 라라에게서 자신이 애용하던 향을 맡고 친밀하게 대했다.

라라는 엄마의 손을 잡아 손끝 혈관을 눌러주고 지압을 해줬다. 따뜻한 수건으로 얼굴을 닦아주었다. 책장에서 용케 엄마가 좋아하는 책을 꺼내 읽어줬고 자신의 혈통을 신비롭게 치장했다. 아버지, 유리 보리소비치 스미르노프에게 들었다는 코카서스 집시 이야기를 해줬다.

"스미르노프가의 사람들 스물세 명이 집 전체를 끌고 구름을 따라 이동했어요. 그들은 바람처럼 욕심 없고 자유로운 사람들이었어요. 스미르노프는 고요한 사람, 이란 뜻이에요."

라라는 침대 곁 의자에 앉아 목이 긴 술병을 집어 들었다. 목을 꺾고 보드카를 마셨다.

"더, 더요. 라라, 더 얘기 해줘요."

"코카서스 혈통을 가진 아버지, 유리는 바닷속을 항해하는 잠수함을 탔어요. 그는 지금도 신비로운 바닷속을 흘러다니고 있어요."

"당신도 신비로워요."

라라는 결정적으로 영순 아줌마를 내쫓을 구실을 찾아냈다. 엄마의 등과 허리에 욕창이 생긴 것을 발견했다. 라라는 호들갑을 떨며 침대에 에어쿠션을 들여놓고 엄마의 허리를 비틀어 들고 밑에 수건을 뭉쳐 받쳐주었다. 아버지는 삼십 년 넘게 이 집에서 살림을 도맡아 해온 영순 아줌마를 내보내기로 했다.

영순 아줌마는 집을 떠나는 슬픔보다 라라의 독한 기운이 집안에 번질 것을 걱정했다. 찾아온 고모들에게 하소연했지만, 고모들 또한 이 집에서 기세를 꿰차고 안주인 행세를 하던 영순 아줌마를 못마땅하게 여겼던 터였기에 고개를 외로 꼬고 듣고만 있었다. 영순 아줌마는 수혁의 등을 안쓰럽게 쓸어내렸다.

"살갗 얄따란 거 봐라, 파르르 떨고 있는 그 속에 숨겨진 독기를 아무도 못 보는구나."

수혁 또한 자신의 방으로 찾아와 뺨을 쓸어주고 이마에 입을 맞춰주는 라라에게 빠졌기에 영순 아줌마가 라라를 깎아내리려는 말이 듣기 싫었다. 수혁은 밤마다 라라를 기다렸고 라라의 차가운 손이 뺨을 쓰다듬어줘야만 잠이 들었다. 그녀가 곁에 더 오래 머물렀으면 좋겠다는 욕심이 생겼다. 가방을 챙긴 영순 아줌마가 엄마의 방에 들어갔을 때, 라라는 엄마의 가느다란 다리를 잡고 종아리를 마사지 해주고 있었다. 엄마는 손을 내밀어 영순 아줌마 손을 잡았다.

"오랫동안 정이 들었는데. 친정어머니가 위독하시다니."

"엄마는 이미 돌아가셨어요."

영순 아줌마의 친정엄마가 죽은 것은 2년 전이었다. 수혁도 기억하는 일을 엄마는 기억하지 못했다. 라라의 어떤 능력으로 세뇌당했는지 천진하게 걱정스러운 표정으로 위로금을 담은 봉투를 줬다.

"내가 욕심을 버려야지. 어머니 병간호 잘 해드려요."

영순 아줌마는 원망 가득한 표정으로 라라를 쳐다보곤 이를 악물고 방을 나왔다. 엄마의 종아리를 잡고 있던 라라는 웃으며 영순 아줌마에게 고개만 까닥거리고 인사했다. 마치, 시장 잘 다녀오세요, 라며 아무 일 없다는 듯이.

영순 아줌마는 층계를 내려와 대문 앞에서 걸음을 멈추고 뒤를 돌아 층계에 서 있는 수혁을 올려다보았다.

"엄마를 지킬 수 있는 사람은 수혁 뿐이야. 명심해."

영순 아줌마 대신 라라가 데리고 온 여자는 말 못 하는 여자였다. 말을 못 해 듣지도 못했지만, 라라 말대로 한시도 쉬지 않고 집 구석구석을 털고 쓸고 닦았다. 식탁을 차리는 것도 영순 아줌마처럼 푸짐한 것이 아닌 입에 맞는 음식 몇 가지만 정갈하게 차렸다. 아버지는 흡족해했다.

라라는 지하 방에 짐을 풀었지만 자주 일 층으로 올라오 곤 했다. 영순 아줌마가 떠나고 새로 온 여자는 말을 못 했 기에 집에서는 라라의 목소리만 들렸다. 라라는 별 것 아닌 일에도 크게 말했다. 목소리 톤 자체가 높았기에 어떤 말이 건 이 층에 있는 수혁에게도 라라의 목소리가 들려왔다.

그녀는 엄마에게 연극 대사를 읊듯 크고 또렷하게 말을 걸었고 듣지도 못하는 여자에게 혼잣말했다. 혼잣말하다 가도 머리를 뒤로 젖히고 깔깔거리며 웃었다. 아버지가 집에 들어오는 날이면 라라는 수혁의 방에 오질 않았다. 수혁은 밤새 문이 열리기를 기다리다 마음이 할퀴어져 몸이 오그 라들었다.

그날도 라라를 기다리다 쇠침이 가슴을 콕콕 쑤시는 것 같아 잠을 잘 수 없었다. 입안이 바싹 말라 일 층 부엌으로 가기 위해 계단을 내려갈 때 서재에서 음악 소리가 들렸고 라라의 웃음소리가 들렸다. 평소 작은 머리통을 뒤를 젖히 며 환하게 웃는 게 아닌 불길한 감각처럼 낮았다. 킬킬거리 며 비웃는 것 같기도 하고 억눌린 비명을 참는 것 같은 소리 였다.

누군가 머리칼을 잡아당긴 것처럼 수혁은 계단을 뛰어 올라갔다. 가슴에서 쿵쿵거리는 소리가 귀를 압박했다. 이 층에서 난간을 잡고 아래를 내려다보았다. 소리는 점점 거칠어지다 흐느끼는 울음으로 변했다. 수혁은 숨을 멈추고 계단을 내려갔다. 다리 근육의 힘이 풀렸다. 어둠에 눈이 익자 커튼의 흔들림과 길고 뾰족한 용설란 화초 그림자가 후들거렸다. 서재 앞에 다가가 문손잡이를 잡았다. 양손으로 문손잡이를 위로 돌려 잡고 천천히 문을 열었다.

*　*　*

희고 작은 얼굴에 깨알처럼 주근깨가 다닥다닥 나 있는 계집애가 수혁의 가방을 메고 지하로 내려가는 층계참에서 수혁을 올려다보았다.

"안녕, 난 유리진이야. 이름이 뭐니?"

수혁을 향해 웃었는데 앞니가 두 개 빠져 멍청해 보였다. 수혁은 그 애를 외면하고 층계를 내려갔다. 수혁이 대문 밖으로 나가려는데 계집애가 수혁의 팔을 잡았다.

"너, 왜 인사를 안 해? 말 못 하니? 몇 살이야?"

"상관 말고 건드리지 마."

그때, 지하에서 나오던 라라가 수혁을 보곤 수혁의 등을 후려쳤다. 수혁은 라라를 노려봤다. 할퀴고 쪼그라든 가슴의 상처가 벌어지는 것 같아 입을 벌려 말을 할 수 없었다. 곪고 곪은 상처에서 진물이 번지듯 눈에서 눈물이 떨어졌다. 수혁은 밖으로 나가려던 마음을 접고 일층 계단으로 올라 현관으로 들어갔다.

"수혁이니? 벌써 청포도 맛 사탕 사 왔니?"

엄마의 갈라지는 낮은 목소리가 지긋지긋했다. 대답 없이 이 층으로 올라가는 계단을 뛰어 올라갔다.

"수혁아, 수혁아."

방에서 백과사전을 펼쳐 미생물, 병균, 인간의 탄생, 사후의 세계를 찾아보았다. 모든 것이 다 사라져버렸으면 하는 마음뿐이었다. 수혁은 육 인용 식탁에 혼자 앉아 저녁을 먹었다. 접시에서 라라의 독한 향수 냄새가 났다. 책상에 엎드려 가수면 상태에 있을 때 익숙한 향내가 났다. 묵직하고 독한 거부할 수 없이 코를 길들여 놓은 향수에 수혁은 눈을 떴다. 라라가 책상에 엎드려 있는 수혁의 머리칼을 쓰다듬었다. 수혁은 다시 눈을 감았다.

"일어나. 여기서 잠들면 감기 걸려."

라라가 수혁의 몸을 일으켜 세웠다. 의지와는 달리 몸이 순하게 따라 일어났다. 라라는 수혁을 침대에 눕혔다. 라라가 가버릴까 겁먹은 수혁은 눈을 뜨고 라라를 바라보았다. 수혁의 눈에서 자신도 모르게 물이 새어 나왔다. 쿨럭쿨럭 물이 뺨을 따라 흘러 귓속으로 들어갔다. 라라는 한숨을 내쉬고는 걸치고 있던 스웨터를 벗었다. 보라색 란제리를 입은 라라는 수혁의 곁에 누워 수혁의 얼굴을 자신의 가슴으로 끌어당겼다. 란제리 테두리에 나 있는 레이스가 얼굴에 닿았다. 레이스 촉감보다 더 부드럽고 말랑하고 하얀 가슴이 수혁의 얼굴을 짓눌렀다. 숨이 막혔고 동시에 살 수 있을 것 같았다.

'서재에 가지 말아요. 아버지에게 가지 말아요.'

라라는 허밍으로 어떤 음을 소리 냈다.

라리 라라라 라라라.

라라는 그 음률로 노래를 부르고 엄지로 수혁의 눈을 닦아주고 뺨을 쓸어주었다. 라라는 천천히 일어나 스웨터를 걸쳐 입었다. 문 앞에서 고개를 돌리지 않고 말했다.

"유리에게 다정하게 대해줘. 안 그러면 나, 이 집을 나갈 거야."

고요한 목소리는 수혁의 목에 쇳조각을 들이댄 것보다 차갑고 소름 끼쳤다. 라라는 천천히 방문을 닫고 일 층으로 내려갔다. 곧이어 수혁의 방 아래 서재에서 음악 소리가 들렸다. 방금 라라가 냈던 음률과 같은 곡이었다.

'라리 라라라라 라라라.'

라라는 소파에 앉은 아버지의 몸 위로 걸터앉을 것이다. 벗겨진 라라의 몸은 구름을 뭉쳐놓은 것처럼 하얗고 깨끗할 것이다.

만지면 만질수록 깊이를 알 수 없는 구름처럼 안으로 빠져버릴 것이다. 그리고 만지면 만질수록 더 단단해질 것이다. 긴 목을 뒤로 꺾으며 벌어진 입술에서는 비에 젖은 나무가 뱉어내는 것 같은 촉촉한 숨결이 새어 나올 것이다.

아버지가 없을 때 수혁은 서재에 들어가 장식장에서 엘피판을 하나씩 꺼내 턴테이블에 올렸다. 바늘을 들어 돌아가는 검은 원판의 첫 레일에 올려놓았다. 첫 번째, 두 번째, 세 번째, 하나, 둘, 셋, 일곱, 열셋, 스물다섯 개의 엘피판을 올리고 나서야 그 음악을 찾았다.

존 바에즈(joan Baez)의 흑인 오르페(Manhã de Carnaval)였다.

헤드셋을 끼우고 열 번, 열세 번을 반복해서 들었다. 어떤 뜻인지 알 수 없었지만 느껴졌다. 뭉클하고 슬픈 감정이 가장 깊숙한 바닥에 가 닿았다. 가슴이 파헤쳐지고 파헤쳐졌다. 말라붙은 내장이 축축하게 젖어 들었다.

4. 플라스틱 피플

마론 인형을 샀다. 바비 인형이라고 불리는 인형의 직업은 요리사다. 인형을 사러 가기 전 수혁은 인터넷 검색을 통해 우리나라에서는 마론 인형으로 불리는 그것에 관한 정보를 찾아봤다.

1959년 3월 9일 뉴욕에서 열린 미국 장난감 박람회에서 처음 세상에 나온 바비는 자세히 보면 40대 여성의 얼굴이었다. 성인 여성 체형을 가진 바비의 직업은 입혀 놓은 옷과 제복에 따라 변했다.

비행승무원, 간호사, 에어로빅 강사, 우주인, 교사 등 백여 종이나 되었다. 지나치게 마른 몸에 가늘고 긴 팔과 다리에 비해 솟아오른 가슴과 엉덩이를 가진, 기묘한 몸은 라라를 떠올리기에 충분했다.

　그날, 서재 문을 열었을 때 소파에 앉은 아버지의 몸 위에 올라앉은 라라는 사람 같지 않았다. 맑은 여자 가수의 목소리가 흘러나왔고 아버지의 눈은 검은 천으로 가려져 있었다. 알몸의 아버지는 다리를 벌리고 입을 벌린 채 무방비 상태로 앉아 있었다. 제단에 올릴 목적으로 도축 후 껍질을 벗겨 핏기를 제거하고 놓아둔 돼지 같았다. 라라의 몸은 규칙적으로 혹은 불규칙적으로, 앞뒤로 혹은 위아래로 움직이다가 움직이지 않았다.
　알몸의 라라는 등과 허리뼈가 부드럽게 휘어져 있었다. 길고 가느다란 다리가 아버지의 하체를 휘감고 있었다. 라라가 긴 머리칼을 둘둘 말아 올리며 뒤를 돌아 수혁을 보았다. 뜨거운 열기가 꽉 찬 라라의 눈은 바라보기만 해도 수혁의 몸으로 옮겨 붙어 타오를 것 같았다. 라라는 문손잡이를 잡고 서 있는 수혁을 바라보며 천천히 상체를 위아래로 움직였다. 말 위에 올라탄 것처럼. 구름을 타 넘듯이.
　'가, 문 닫아.'

라라는 검은 천으로 가려진 아버지의 눈을 가느다란 손가락으로 겹으로 감싸고 뒤를 돌아 수혁에게 입 모양으로 말했다. 그 와중에도 허리를 천천히 움직였다. 사악하고 나쁜 것이 수혁의 몸을 관통했다. 뜨겁고 뾰족한 쇳조각이 몸을 휘젓고 다녔다.

아버지를 죽이고 싶었다. 그를 밀쳐내고 자신이 검은 천으로 눈을 가리고 그 자리에 앉고 싶었다. 이 층으로 올라와 발아래, 서재에서 벌어지는 상황이 어떤 것인지 밝혀내려고 생각을 집중했다. 아무것도 생각할 수 없었다. 몸 구석구석을 자극하고 찌르고 휘젓고 다니는 쇳조각이 몸을 뚫고 나와 자신을 태워버릴 것 같았다.

수혁은 창을 열었다. 찬바람이 얼굴을 후려쳤다. 바지를 내렸다. 찬바람이 몸의 표면을 식혔지만, 몸을 뚫고 들어와 들끓는 쇳조각은 식지 않았다.

인형 코너 앞에는 안내장이 붙어있었다. 하필 수혁이 사려는 중국산 바비 인형에서 납 성분이 발견되어 리콜 조치한다는 거였다. 시내에 있는 대형 완구점에 세 번째로 갔다. 여전히 안내장이 붙어있었고 다른 제품은 없었다.

직원 혼자 계산대를 지키고 있는 것을 확인한 후 물총, 고무 동력기, 수채용 물감, 팔레트와 함께 바비 인형을 계산대 위에 올려놓았다. 피곤한 기색을 한 직원은 바코드만 찍고 물건을 비닐봉지에 한데 쓸어 담아주었다.

인형은 파란 눈 화장을 했고 입술이 붉게 칠해져 있었다. 귓불이 쳐질 정도로 커다란 귀고리를 한 인형은 보라색 원피스에 프릴 달린 흰 에이프런과 두건을 걸치고 있었다. 에이프런과 두건을 벗기고 나니 자신만의 라라가 되었다. 납 성분이 포함되었다는 바비는 그래서 더욱 독을 품고 있는 라라처럼 여겨졌다.

수혁은 보라색 원피스를 벗겼다. 손톱보다 작은 입술에 뜨거운 혀끝을 댔다. 몸이 팽팽하게 부풀어 올랐다. 인형 라라를 안고 잔 다음 날 아침, 수혁은 몽정을 했다. 몽정을 깨달을 겨를도 없이 이 층 욕실에서 팬티에 비누칠했다. 젖은 이물질은 쉽게 씻어지지 않았고 미끈거렸다. 후들거리는 손으로 팬티를 비볐다. 불안한 감정으로 가슴이 터질 것 같았다. 젖은 팬티를 티셔츠에 감싸 세탁실 세탁기에 집어넣고 바닥에 웅크리고 앉아 숨을 내쉬었다. 그제야 불안한 감정이 죄책감으로 뒤바뀌었다.

저녁 식사 후, 수혁은 엄마 침대 곁에 앉아 책을 읽어주었다. 그럴 때면 과일즙을 만들어온 라라는 책을 읽는 수혁의 앞 의자에 다리를 꼬고 앉아 엄마의 입안으로 즙을 떠 넣어주었다. 그녀가 움직일 때마다 치마 옆 단이 벌려져 파란 핏줄이 도드라진 허벅다리가 보였다. 책 읽는 소리에 맞춰 발톱에 붉은 매니큐어를 칠한 하얀 발끝이 수혁의 다리를 툭툭 쳤다.

수혁이 반응하지 않으면 라라는 꼰 다리를 펴고 발끝으로 수혁의 발목뼈를 가볍게 눌렀다. 발끝만 닿았는데 수혁의 몸 모든 혈관이 꿈틀거렸고 피가 발목뼈로 쏟아져 내렸다. 책 읽기가 끝나면 수혁의 예민한 신경은 툭, 끊어질 것 같았다. 기운 빠진 몸을 겨우 추스르고 식탁에 앉아 물을 한 잔 마셨다. 물컵에서도 라라의 향수 냄새가 났다.

이 층 방에 올라갔을 때 침대 시트를 벗겨내고 새것으로 갈던 라라가 몸을 일으켰다. 그녀는 손에 쥔 것을 수혁에게 내밀었다. 보라색 원피스를 입고 있는 인형 라라였다.

"아직도 인형을 안고 자니? 내 눈에는 다 자란 청년처럼 보이는데."

라라는 수혁 앞으로 바짝 다가와 섰다. 손을 뻗어 수혁의 뺨을 쓸어내렸다. 목덜미, 어깨, 가슴을 더듬고 내려갔다. 라라의 손이 지나간 곳이 낙인을 찍은 것처럼 뜨거워졌다. 라라는 수혁의 허리 버클을 만지작거리다 인형을 돌려주었다. 그제야 수혁은 참았던 숨을 내쉬며 인형을 받아들었다. 라라는 묘하게 입술을 비틀어 웃으며 방을 나갔다. 수혁은 모욕을 당한 것 같아 죽어버리고 싶었다.

주근깨 말라깽이 유리는 학교에서 호되게 당했다. 또래 아이들은 처음에는 빨강 치마에 녹색 옷을 입은 그 애를 인형 취급하며 호기심을 드러냈지만 금세 시들해져 버렸다. 호기심이 어떤 이유로 미움과 증오의 대상이 되었는지 유치한 이유야 구구절절하겠지만 수혁에게는 관심 밖의 일이었다. 수혁보다 키가 컸지만, 어딘가 조금 빠져 보이는 유리는 같은 학년 아이들이 따돌리는 분위기를 파악 못 하고 곁에 있는 아이에게 끊임없이 말을 걸었다.

급식 시간은 한 달은 홀수 학년, 다음 한 달은 짝수 학년이 먼저 했다. 3학년인 수혁은 유리네 반과 가까이 있었다.

"저 아이, 인형처럼 예쁘지? 저 가느다란 팔다리 좀 봐. 머리칼이 금빛이야."

"산에서 왔대. 머리가 좀 돌았대. 쟤 할머니가 무당이라는 소문도 있어."

"우리 엄마 말론 무당이 아니라 사이비 종교 교주래."

"저 애 엄마는 러시아인이야. 지독한 술꾼이야."

급식소에 들어가면 고만고만한 또래 아이 무리 속에서 유리는 돋보였다. 수혁의 반 아이들도 유리를 보곤 수군거렸다.

수혁은 일부러 유리 쪽을 쳐다보지 않았다. 오히려 그 애가 자신을 보고 알은체할까 봐 걱정이었다. 유리는 늘 혼자 떨어져 앉아 밥을 먹었다. 가끔, 3학년 애들이 옆에 앉으면 눈치 없이 곁에 앉은 아이들에게 말을 걸었다. 아무도 그 애 질문에 대답해주지 않았다.

1학년 여자애들 몇 명이 소리를 질렀다. 급식 담당 선생님과 유리네 반 선생님이 아이들이 몰려있는 곳으로 갔다. 아이들 무리가 흩어졌다. 음식물이 머리와 얼굴에서 흘러내리는 유리가 서 있었다. 흰 두부 덩어리와 물에 삶아진 채소가 장 국물과 뒤섞여 유리의 머리칼에 들러붙었다. 김칫국물이 흰 블라우스에 떨어졌고 흰 쌀밥이 어깨에 쌓였다. 유리 담임선생님이 주방에서 가져온 행주로 유리의 머리를 감싸고 데리고 나왔다.

수혁의 앞을 지나치며 눈물이 찰랑거리는 유리의 눈이 수혁을 쳐다보았다. 수혁은 무서운 것을 본 것처럼 고개를 휙,

돌렸다.

"그림 그리러 갈래?"

자신도 모르게 수혁은 그 말을 했다. 썩어빠진 이의 잇몸까지 드러내며 활짝 웃는 유리의 모습을 보곤 곧바로 후회했다. 분명, 라라는 자신에게 협박했다. 유리에게 친절하게 대해주지 않으면 집을 떠나겠다고 했다. 유리가 급식소에서 수혁이 자기를 외면했던 것을 라라에게 일렀을 수도 있고 아닐 수도 있었다. 수혁은 라라의 협박보다 동질감을 느꼈다는 것이 정확할 것이었다.

왁자한 교실에서 아무도 접근하지 않고 말을 걸어주지 않을 때, 정지된 시간 속에 투명한 벽에 갇혀 있는 느낌을 알고 있기 때문일 수도 있었다. 라라는 아버지가 오지 않는 밤이면 수혁의 방으로 왔다. 숙제 검사를 했고 양치질을 깨끗이 했는지 수혁의 입 앞에 코를 들이밀고 숨을 내뱉어보라고 했다. 잠옷으로 갈아입도록 했고 시선을 다른 곳으로 돌리지 않고 옷을 벗는 수혁을 바라보았다. 침실 전용 조명등을 켜놓고 수혁의 곁에 누웠다. 다정하게 안아주었고 손을 뻗어 수혁의 손을 가져가 비에 젖은 구름을 뭉쳐놓은 것처럼 촉촉한 가슴 위에 놓았다. 라라의 향에 취한 수혁은 잠들지 않으려고 안간힘을 썼지만, 어느새 그 품에 안겨 잠에 빠져들었다.

　유리는 그림을 그리는 것이 처음인 것인 양 촌스럽게 굴었다. 크레파스를 주니 호들갑을 떨며 기쁜 내색을 감추지 않고 드러냈다. 수혁은 책가방 위에 스케치북을 놓고 눈앞에 있는 나무, 강물 건너편에 있는 교회를 그렸다. 마음 같아선 손으로 만지고 싶은, 가슴이 반 넘게 드러나는 보라색 란제리를 입은 라라를 그리고 싶었지만 참았다.

　방과 후, 각자의 교실에서 빠져나와 공장 앞에서 만났다. 수혁은 폐쇄된 공장 건물에서 기다렸다. 멀리서 녹색 작업복을 입은 라라가 유리에게 다가가는 것이 보였다. 헐렁한 녹색 작업복을 입은 라라는 쓰러질 것처럼 말랐고 지쳐 보였다. 유리는 열쇠를 받아 들고 수혁을 향해 뛰어왔다. 수혁보다 키가 크고 주근깨투성이에 빼빼 마른 유리와 강물이 보이는 숲으로 갔다.

　바비 인형을 살 때 함께 산 수채용 물감을 팔레트에 짜 색과 색을 뒤섞으면 다른 색이 된다는 것을 유리에게 가르쳐주었다. 유리는 손뼉을 치며 신기해했다.

"있지. 색과 색을 섞는 것이 나쁜 것이 아니지? 잘못된 것이 아니지?"

수혁은 대답할 가치가 없기에 유리의 질문을 무시했다.

"다른 인종의 피가 섞이는 것도 잘 못 된 것이 아니지? 따돌림당할 일이 아니지?"

"억지로 친구들 사귀려고 껄떡거리지 마, 그럴수록 애들은 너를 더 무시해."

"응, 껄떡거리는 것이 뭔지 모르겠지만 안 그럴게."

유리는 수혁의 말에 응응, 거리며 고개까지 끄덕였다. 수혁을 바라보는 유리의 눈이 진녹색으로 변했다. 녹색 그림자가 짙게 드리워진 숲에서 녹색으로 젖어 드는 눈동자는 어쩐지 슬퍼 보였다. 유리는 색을 단독으로 쓰지 않고 꼭 뭐든 조금씩 섞었다. 있는 그대로의 풍경을 그리지 않았다. 멋대로 실제 풍경에는 없는 검은 까마귀와 검은 바위를 그렸다. 구름 한 점 없는 파란 하늘이었는데 검은 구름을 잔뜩 그렸다.

현실을 그대로 받아들이지 못하고 멋대로 상상하는 유리가 한심스럽게 여겨졌다. 유리는 저물어가는 햇빛을 받으며 흘러가는 강물을 하염없이 바라보았다. 수혁은 녹색 지붕의 제사공장 미싱 앞에 앉아 두 천을 맞대고 박음질을 하고 있을 라라를 떠올렸다. 서너 차례 계절이 변할 때까지 수혁은 유리와 함께 숲으로 갔다. 숲에서 그림을 그렸다.

서로의 어깨가 닿을 듯, 닿을 듯, 가까워지다 살짝 부딪힐 때까지 유리는 수혁의 곁으로 바짝 다가와 앉았다. 유리가 수혁의 몸을 슬쩍슬쩍 훔쳐보는 것이 느껴졌다. 유리에게선 라라에게서 나는 향수 냄새가 났다. 아이들은 유리에게서 양놈 냄새가 난다고 뒷말을 했다.

유리는 더 자주, 라라의 향수병에 손을 댔고 인상이 찌푸려질 정도로 향수를 마구 뿌려댔다. 어린아이에게는 어울리지 않는 독한 냄새였다. 코로 숨을 들이마실 때마다 유리가 뿌린, 라라의 짙은 향이 수혁의 콧속으로 들어왔다. 숨이 막혀 천천히 숨을 내뱉으면 유리가 수혁을 바라보았다. 뾰족한 솔잎처럼 진녹색 눈이 사라지기 직전의 햇빛 속에서 반짝거렸다. 그 짧은 순간, 유리의 입김이 수혁의 입으로 스며들었다. 유리의 입술이 수혁의 입술에 겹쳐졌다.

***

파티션 뒤에서 옷을 벗었다. 우리가 입어야 할 속옷은 각각 서른 세트였다. 삼사십 대 여성 고객을 겨냥한 고혹적이고 파격적인 속옷이었다. 소라는 브래지어를 벗고 살색 테이프를 양쪽 가슴 옆에서부터 아래쪽으로 와이어 모양으로 붙였다. 가슴이 가운데로 몰려 탄력받은 살이 위로 솟아올랐다.

소라는 목 뒤로 돌려 묶는 브래지어를 걸치고 돌아서서 나에게 매듭을 묶어 달라고 했다. 두 손으로 머리를 말아 올리고 뒤돌아선 소라의 뒷목에 브래지어 끈을 리본으로 묶었다. 그녀의 가슴은 B컵 위로 동그랗게 부풀어 올라 만지지 않아도 탱탱함이 느껴졌다. 소라에게서 시큼한 냄새가 났다. 그녀는 백 팩 앞주머니에서 하얀 플라스틱 통을 꺼내 알약을 입에 넣다가 나와 눈이 마주치자 알약 하나를 나에게 주었다.

"어제 아침부터 물과 약만 삼켰어."
"어디 아파?"
"음식을 삼키면 여기가 불룩해지잖아. 그런 몸을 가진 너는 절대 이해 못 하겠지. 서너 시간 버틸 수 있을 거야. 환각

제 아니니깐 걱정하지 말고 삼켜."

소라는 인도 빵, 난처럼 납작한 배를 두드리고 나를 돌려 세우고 내 목 뒤에서 브래지어 끈을 묶어주었다. 지난번 촬영 때와 태도가 달라진 소라의 호의를 거절할 수 없어 나는 물도 없이 흰 알약을 삼켰다.

소라는 블랙, 나는 레드 브래지어 팬티 세트를 입고 나란히 사진을 찍었다. 포즈를 취하고 사진을 열다섯 컷 정도 찍고 파티션 뒤로 가 다음 세트 상품을 입었다. 우리가 속옷을 갈아입는 동안 사진작가와 모델리아 팀장, 쇼핑몰 직원은 천장에 장착된 롤에 겹겹이 매달린 커튼을 바꿨고 자줏빛 벨벳 소파, 흰 의자, 와인 잔, 책, 인조 꽃다발 같은 소품을 적절하게 배치해 놓았다.

다섯 시간 정도 걸린 촬영이 끝났을 때는 몸의 관절이 플라스틱처럼 굳어졌다. 속옷마저 벗어버리고 스튜디오 한쪽에 놓인 접이식 침대에 뻗어 눕고만 싶었다. 파티션 뒤에서 소라는 속옷을 벗어버리고 검은 저지 원피스만 걸쳤다. 나는 파우치에서 속옷을 꺼내 입고 청바지와 흰 면 티셔츠를 입었다. 모델리아 팀장에게서 봉투를 받았다.

봉투가 생각보다 얄팍해 나는 봉투 안을 봤다. 오만 원 지폐 여섯 장이었다. 다섯 시간 일하고 받은 것 치고는 예상보다 많은 금액이었다. 팀장은 소라에게 이틀 후, 금요일 저녁 파티 아르바이트가 있다고 했다. 소라는 나를 쳐다보며 유리도 가냐, 고 물었다.

"실장님이 유리는 빼래."

"흥, 뭐야. 속이 빤해."

소라는 팀장의 손에서 봉투를 낚아채곤 내 어깨를 잡아끌었다. 나는 팀장과 사진작가, 쇼핑몰 직원에게 고개를 숙이고 소라를 따라 나왔다. 팀장이 나에게 다음 일정 잡히면 연락하겠다고 했다. 스튜디오에서 나와 계단을 올라오니 도로에 푸르스름한 저녁이 깔리고 있었다.

"당분간 촬영 없으니 고기 먹자."

앞서 걷던 소라가 뒤를 돌아보았다. 뒤따라가지 않는 나를 쳐다보았다.

"왜, 싫어?"

나는 갈 곳이 있다고 대답했다. 소라는 내 대답은 들은 척도 안 하고 다가와 팔짱을 꼈다. 팔이 소라의 가슴에 닿자 물컹한 감촉이 느껴졌다. 소라는 내 쪽으로 몸을 밀착시키곤 손을 원피스 가슴 안으로 집어넣어 살 색 테이프를 뜯어냈다. 양쪽 테이프를 뜯어내 테이프를 돌돌 말아 바로 앞에 있는 휴지통에 집어넣곤 삼겹살집 안으로 들어갔다.

"먹고 가. 우리가 워낙, 팀워크가 잘 맞아 일찍 끝난 거잖아. 다른 애랑 했으면 한두 시간 더 걸렸을 거야."

실제로 사진작가는 우리가 여러 번 호흡을 맞췄던 것이 아니냐고 거듭 물었다. 팀장과 쇼핑몰 직원도 사진작가가 원하는 대담한 포즈를 쉽게 이해하는 소라의 리드에 맞춰 내가 잘 따라간다고 감탄했다.

사진작가는 모니터 화면을 연결한 노트북에 크게 띄워 보여줬다. 검은 장미가 달린 초커를 목에 두르고 둘 다 레이스가 많은 검은 세트를 입었다. 쇼핑몰 직원이 테두리에 은빛 스프레이를 뿌린 검은 가면을 주었다. 소라는 가면을 쓰고 나는 손에 들라고 했다. 소라가 뒤에서 내 허리를 안았다. 검은 매니큐어를 칠한 소라의 손톱이 내 치골 위에 있는 스미르노프, 라는 문신을 만졌다.

그 사진을 쇼핑몰 메인 화면에 넣기로 했다. 소라는 핸드폰으로 모니터 속의 우리 모습을 찍었다.

식당 안은 이른 저녁이라 손님이 없었다. 소라는 원형 테이블에 앉으며 나에게 묻지도 않고 삼겹살 3인분과 소주를 시켰다.

"내 눈 바로 앞에 신이 와 있다는 소리를 들었어. 그만큼 내 직감이 적중한단 말이야."

숯불과 함께 기본 채소가 차려지자 소라는 내 앞의 잔에 소주를 따르고 자신의 잔에도 따르고 잔을 들었다.

"보자마자 내 것 뺏을 거라는 예감을 받았어. 그런데 자세히 보니 너 구질구질한 슬픔에 폭 싸여 있더라. 그래서 나눠 갖기로 마음 바꿨어."

"어차피 뺏길 거니깐. 곁에서 관리하려는 마음으로 비위 맞춰 준 거 아니야?"

"말 가려 해, 이 기집애야. 내가 왜 너 따위 비위를 맞춰?"

소라는 옆에 있는 물컵을 들어 내 얼굴에 물을 끼얹었다. 나도 술잔을 들어 소라의 얼굴에 뿌렸다.

"야, 아깝게 왜 술을 뿌려."

소라는 내 앞에 티슈 곽을 내밀고 티슈를 꺼내 제 얼굴을 닦았다. 나도 티슈를 꺼내 얼굴을 닦았다. 우리는 각자의 얼굴에 검은 마스카라가 흘러내리는 얼굴을 보며 픽, 웃었다. 삼겹살을 가져와 석쇠에 올려주는 여자가 우리 둘을 번갈아 보았다. 맞춰주길 바라지 않았다.

나는 단지 돈을 벌기 위해서 일을 했다. 분명한 근거 없이 적의를 드러내는 행동 앞에서 고스란히 물을 뒤집어쓰고 당하고 있을 감정의 여력 따윈 오래전에 버렸다. 소라는 되받아치는 솜씨가 마음에 든다고 말하곤 노릇하게 익은 삼겹살을 상추 위에 올리고 마늘까지 넣어 쌈을 싸서 작은 입에 넣었다. 편식하지 않는 편이지만 삼키기 힘든 것이 삼겹살이었다. 삼겹살은 노골적으로 돼지의 하얀 표면을 떠올리게 했고, 가끔 살갗 끝에 빳빳한 흰 털이 붙어 있는 것을 보면 속이 뒤집힐 것 같았다. 나는 물냉면을 주문하고 가방에서 말보로 담배를 꺼냈다. 내가 담뱃갑을 꺼내 들자 소라는 반색을 하며 물을 삼켜 입을 가시곤 따라 나왔다.

우리는 삼겹살집 외벽과 옆 건물 외벽 사이 좁은 골목에 나란히 서서 담배를 피웠다. 소라는 묻지도 않았는데 제 얘기를 했다. 모델리아와 인연을 맺은 지 삼 년이 넘었다고 했다. 처음에는 눈, 코, 안면 윤곽 수술 전후 비교 모델이었다가 가슴 성형, 보톡스, 필러, 피부 등 성형외과 고정모델을 했다. 더 성형할 데가 없고 몸과 외모가 텐 프로가 되었을 때부터 피팅 모델과 파티 아르바이트를 했다고 했다.

파티 아르바이트는 매주 금요일에 있는데 초대된 남자 손님 대여섯 명을 위한 파티를 준비하고 함께 놀고 마시고 즐긴 후에 거액을 수당을 받는다고 했다. 얘기를 듣고만 있다가 담뱃불을 끄고 들어가려고 하자 소라가 내 팔을 잡았다.

"너, 이런 거 안 궁금하니?"

"응, 안 궁금해."

"깨끗한 척하기는."

소라는 모델리아 팀장의 말에 신경 쓰지 말고 생각 있으면 금요일 오전까지 연락하라며 핸드폰 번호를 교환하자고 했다. 내가 번호를 저장하자 곧바로 아까 찍었던 사진을 보내주었다. 만약, 생각 있다면 다른 애를 빼고 나를 끼워주겠다며 피팅 모델과는 비교할 수 없을 만큼 거액을 벌 기회라는 것을 강조했다. 소라는 누군가에게 전화해 삼겹살집으로 오라고 했다. 친구가 나올 때까지 기다려달라고 했지만 나는 가야 한다고 말하고 일어났다. 의리 없는 년. 소라의 욕설을 못 들은 척, 하고 나왔다. 우리가 의리를 따질 만큼 각별한 사이인지 나는 알 수 없었다. 내 의사는 묻지도 않고 삼겹살집으로 데리고 간 것은 소라임에도 불구하고 나는 의리 없는 년이 되었다.

지하철을 타려다 술 한 잔에 빨개진 내 얼굴을 바라볼 사람들 시선이 신경 쓰였다. 그래서 나는 내 또래 사람들이 수없이 어깨를 스치는 번화로를 걸었다. 사람들의 시선이 내게 닿으면 그들은 재차 나를 확인한다. 나는 한 번도 이 나라 국민이 아니라 생각한 적이 없는데 사람들은 다르게 생각한다. 단지 외모 때문에 나는 낯선 이국인이 되었다.

'더러운 술주정뱅이 러시아년.'

제사 공장의 녹색 작업복을 입은 공원들은 엄마 라라를 그렇게 말했다. 폐쇄된 공장의 문에 기대 있던 나는 후줄근한 녹색 작업복을 입은 그녀들을 노려보았다.

'어딜 쩨려봐, 여긴 왜 왔어, 뭐 염탐하러 왔어?'

'사장 아들 기다리나 보다, 조그만 것이 벌써 어미 피를 이어받아서 가슴살 부풀어 오른 것 좀 봐.'

'그것도 밝힐 거야, 그치.'

공원들은 나에게 들리도록 큰 소리로 말하고 서로의 어깨를 치며 웃음을 걷잡지 못하고 계속 웃어댔다.

야간작업을 위해 이른 저녁을 먹은 여자들은 이쑤시개로 이를 후벼 파며 박하사탕을 까먹으며 종이컵을 들고 공장으로 들어갔다. 운동장에 길게 드리워졌던 공장 지붕의 그림자가 어둠 속으로 사라질 때까지 나는 폐공장의 문에 등을 기대고 서서 무엇인가, 보이지 않은 어떤 것을 노려보았다.

버스를 두 번 갈아탔다. 수혁의 원룸은 비어있었다. 도어 록을 위로 올리고 엄마 라라가 가르쳐준 비밀번호를 눌렀다. 문을 열자 고여 있는 공간에서 향수 냄새가 났다. 샤넬 NO.5 였다. 베란다로 연결된 문을 열고 베란다 창을 열었다.

개수대에는 물기 없이 깨끗했다. 한쪽에 놓여 있는 침대에도 이불이 반듯하게 펼쳐져 있고 바닥도 말끔했다. 식탁 위에 스무 권이 넘는 책이 크기 별로 가지런히 정돈되어 쌓여있었다. 벽과 식탁, 침대 머리맡, 자신만의 공간 어디에도 사진 한 장 없었다. 수혁의 방이라 알아차릴 수 있는 단서나 사적인 어떤 흔적도 없었다.

붙박이장을 열어 익숙한 셔츠의 소매를 팔 흔들 듯 흔들어 보았다. 비좁은 화장실 변기와 세면대도 물 얼룩 없이 바짝 말랐고 윤이 났다. 양치 컵에 칫솔과 치약이 꽂혀 있고 수납장 안에는 반듯하게 개켜져 있는 수건과 여분의 휴지, 비누, 면도기가 놓여 있었다. 문 옆 수건걸이에서 수건을 펼쳐 얼굴을 묻었다. 희미하게 솔잎 비누향이 났다. 수혁의 얼굴 물기를 닦았을 수건에 파묻혀 입을 벌리고 깊이 숨을 들이마셨다.

식탁에 앉아 책을 하나씩 펼쳐보았다. 어느 책에도 밑줄이나 메모가 없었다. 심지어 자신의 책이라는 이름도 없었다. 책은 여러 번 펼쳐본 듯 갈피 사이가 부풀어져 있었다. 가방에서 수첩을 꺼내 책 제목을 적었다. 읽지 못할 것이 분명했지만 수혁이 읽는 책의 제목이라도 알고 싶었다.

나는 고백한다. 현대 의학을, 없는 병도 만든다, 제약회사들은 어떻게 우리 주머니를 털었나, 잡식 동물의 딜레마, 오래된 미래, 치유의 예술을 찾아서, 왜 세상의 절반은 굶주리는가.

책 목록을 적은 수첩을 가방에 넣고 침대로 가 이불을 들었다. 몸을 눕히자 향이 짙어졌다. 베개 옆에 사각형 향수병이 놓여 있었다. 현재는 나도 사용하는 향수였지만 엄마 라라의 향수였다. 애초에 수혁의 엄마 향수였다. 수혁은 수혁의 엄마를 떠올리기 위해 이 향수를 곁에 두는 것일까. 혹시, 나를 떠올리며 이 향수를 뿌리는 것은 아닐까.

엄마는 제사공장 사장의 코마 상태가 길어지자 나에게 수혁의 마음을 휘어잡아보라고 했다. 친구 집에 머문다며 독한 술에 빠졌지만 정신을 차렸다고 일주일 전에 전화했다. 제사공장 사장의 병실을 매일 찾아간다고 했다. 그리고 다시 사흘 전부터 핸드폰 전원이 꺼져 있었다.

나는 엄마 친구의 이름도 핸드폰 번호도 몰랐다. 여자인지 남자인지도 몰랐다. 제사공장 사장 집으로 한 번도 편지를 보내지 않았던 수니 할머니가 원룸으로 택배를 보냈다. 택배 상자 안에는 볶은 검은 콩, 두부를 얇게 썰어 말려 튀긴 과자와 채색한 만다라 그림이 있었다. 녹색의 파란 원 안에 사각형이 있고 사각형의 모서리에는 노란 꽃무늬가 대칭으로 그려져 있었다. 줄기와 넝쿨이 사각형을 장식하고 사각형 안에는 붉은 연꽃이 그려져 있었다.

'힘들면 돌아와라, 여기서 기다리고 있을게, 유리야.'

수니 할머니의 글씨에서 대관령을 통과한 바람이 녹색 숲을 뒤흔드는 풍경이 눈앞에 펼쳐졌다. 만다라가 그려진 종이를 움켜쥐자 종이에서 쑥 태우는 냄새가 났다. 슬픔이 쏟아져 나오는 것을 손으로 틀어막았다. 소라 말이 맞았다. 구질구질한 슬픔에 폭 싸여 있다는. 나에게 익숙하고 편안한 감정이었다. 나는 슬픔 앞에서 가장 솔직한 표정을 지었다. 그리고 가난하면 슬픔도 구질구질해지는 법이다. 언제나 그랬다.

예외인 사람이 있었는데 엄마 라라였다. 라라는 가난해도 구질구질하지 않았다. 그래 보였다. 녹색 작업복은 라라에게 품은 헐렁했고 팔다리가 길어 소매와 바짓단이 껑충 올라왔다. 뾰족하고 흰 얼굴의 라라는 헝클어진 블론드를 아무렇게 틀어 올렸다. 몇 가닥 흘러내린 머리칼이 유난히 도드라지는 붉은 입술에 걸렸다. 습관처럼 머리칼이 걸린 입술을 잇새에 넣고 깨물었다.

입술 끝이 터져 핏물이 적셔진 입술은 촉촉한 제라늄 잎처럼 벌어졌다. 헝클어져 흘러내린 블론드 머리칼을 물고 있는 그 입술을 본 누구라도 도발적인 유혹에 걸려들지 않을 수 없었다. 라라는 창백한 뺨을 손바닥으로 쳤다.

전날 밤 일 층에서 몸을 혹사당해 졸음을 떨치고 정신을 차리기 위해서 뺨을 쳤지만, 그 소리에 옆자리 여공들은 깜짝깜짝 놀랐다. 라라는 공장 일이 끝나면 일 층 복도 안쪽 방에 누워 있는 환자를 돌보았고 말 못 하고 듣지 못하는 여자를 도와 부엌일을 했다.

제사공장 사장이 부르면 자려고 누웠다가도 짙은 화장을 하고 일 층으로 올라갔다. 새벽이 되어 돌아온 라라는 불에서 건지면 하얗게 재로 부서지는 타버린 흰 목재처럼 침대에 훅, 쓰러졌다. 그럴 때면 엄마 라라에게선 뭔가 태운 냄새가 났다. 불에 붙어 활활 태우고 난, 재의 냄새. 그 탄내 속에 보드카 냄새가 섞여 있었다. 나는 잠결에 곁으로 바짝 다가가 엄마 라라의 겨드랑이로 파고들었다. 탄내와 보드카 냄새를 뱉어내고 쑥 태우는 냄새를 떠올렸다.

두 장의 천을 맞대 박음질을 하고 천의 밑단에 오버 로크를 하던 라라는 여공들과 싸움이 붙었다. 열 명이 넘는 여공들이 한 덩어리가 되어 엄마 라라에게 욕설을 퍼붓고 몰려들어 머릿수건과 작업복을 벗기고 머리칼을 쥐어뜯고 어깨와 등을 할퀴고 때렸다고 했다.

"왜? 왜, 맞고만 있었어?"

"한꺼번에 덤벼드는데 무슨 수로 당해?"

"그러니깐, 왜, 맞았냐고."

나는 헝클어진 블론드 머리칼에 분무기로 물을 뿌렸다. 얽힌 머리칼을 적셔 몇 가닥씩 펼쳐 얽힌 것을 풀었다.

"이유야 백 가지도 넘겠지. 그 백 개가 결국은 하나야, 다르니깐. 지들과 다르니깐."

엄마 라라는 윗옷과 브래지어를 벗고 바셀린을 멍들고 할퀸 자국이 난 알몸에 바르며 분개했지만, 그 싸움 덕분에 녹색 작업복을 아예 벗게 되었다. 싸움 얘기를 들은 제사 공장 사장이 라라에게 집안일만 도와달라고 했다.

엄마 라라는 점심시간에 했던 단체체조를 하지 않아도 되었고 피곤한 기색을 숨기고 졸음을 떨치기 위해 뺨을 칠 필요도 없었고, 입술을 깨물어 악을 참아낼 필요도 없었다.

라라는 환자의 방으로 짐을 옮겼다. 짱짱한 오동나무 장롱에 자신의 옷을 걸어두었고 마호가니 화장대에 자신의 화장품을 나열해 놓았다. 옷이 미처 마르지 않았다는 핑계를 대며 환자의 옷을 꺼내 입었고 환자의 향수를 자신의 몸에 뿌렸다. 이 층에 있는 방 한 칸을 정리해 나를 올려보냈다. 수혁의 옆방이었다.

담 밑에서 짙은 더덕 향이 올라오는 대리석 외벽을 가진 집으로 들어가 우체통에 손을 집어넣었다. 발끝을 들고 꺼낸 편지의 수신인과 발신인을 확인했다. 수니 할머니에게선 편지가 오질 않았다. 나는 답장을 보내주지 않는 수니 할머니에게 매번 그렇고 그런 얘기를 적어 보냈다.

실제로는 3년 내내 이름을 부를 수 있는 친구가 없었지만, 학교에서 친구들에게 인기가 많다고 거짓말을 했다. 마음을 나눴다며 친구들 이름을 적고 나니 실제로 그 애들이 나와 친밀하게 여겨졌다. 나와 친해지고 싶은데 다른 아이들

눈치를 보고 있는 것 같았다. 나는 그 애들에게 기회를 주기 위해 곁에 머물렀고 말을 걸었다. 학년이 올라갈수록 공부는 따라잡기가 힘들다고 엄살을 부렸다.

수혁은 내가 복도 끝, 제 옆방에 들어갔을 때부터 신경질적으로 변했고 날카로워졌다. 학교에서 만나도 고개를 돌려버렸다. 학교에서 곧장 학원으로 갔고 저녁 식사 시간에야 돌아왔다. 나는 폐쇄된 공장에서 수혁을 기다렸다. 저녁 시간이 되도록 돌아오지 않는 나를 찾으러 올 것이라 예상했다. 단 한 번도 수혁은 나를 찾으러 오지 않았다.

라라는 하루에 서너 번 환자의 욕창을 치료해주었고 일회용 기저귀가 아닌 면으로 만든 패드를 사용했고 삶아 빨았다.

"내 것도 아니고 피붙이 것도 아닌, 남의 똥을 덜어내고 속옷까지 삶아 빨았어요, 제가."

라라는 수혁의 고모들이 방문할 때마다 그 말을 했다. 수혁의 고모들은 다리를 꼬고 팔짱을 낀 채 듣고만 있었다. 그녀들은 환자의 방에 들어갔을 때 몸을 가누질 못하는 환자가 지린내를 풍기고 있으면 코를 감싸 쥐고 급하게 방을 나왔다.

라라는 환자 앞에서 싫은 내색을 하지 않았다. 침대 시트를 빨아 이층 옥상에 널어 말렸고 빳빳하게 마른 것에 물을 뿌려 다림질까지 했다. 주치의로부터 진통제를 처방받아와 환자의 팔에 주사기를 꽂았다.

환자의 등과 허리에 욕창 흔적이 사라지고 새살이 붙을 때부터 환자는 말을 하지 않았고 까다롭게 굴었다. 몸을 씻겨줄 때면 몸을 맡기고 매달리던 환자는 라라가 자신의 몸을 건드리면 괴상한 비명을 질러 집안을 불안하게 만들었다. 라라가 먹여주는 죽을 먹다가 뱉어냈고, 라라의 얼굴에 씹던 음식물과 침을 뱉었다. 라라는 반항하는 환자를 상대하기 벅차 일회용 기저귀를 사다 썼고 이틀에 한 번 빨아대던 시트에 향수를 뿌렸다.

과일을 강판에 직접 갈아 만들었던 즙 대신 제과점에서 사 온 푸딩과 마트에서 사 온 죽을 플라스틱 용기 그대로 전자레인지에 돌려 일하는 여자에게 먹이게 시키곤 자신은 팔짱을 끼고 서 있었다.

침대에 누운 환자가 입술을 비틀었지만, 입술 사이로 바람만 쉭쉭, 나왔다. 라라는 환자를 어딘가로 보내자고 제사 공장 사장에게 제안했다. 휘파람을, 비웃음 가득한 휘파람을 견딜 수 없다는 것부터 시작해 듣는 이마저 인상을 찌푸리게 만드는 끔찍한 환자의 패악을 나열했다.

"저, 벽 좀 봐요. 똥물이 흐르는 패드를 저기다 문질렀어요.”

라라는 깊은 산 속에 믿을 만하고 시설 좋은 기도원이 있다고 그를 설득했다. 제사공장 사장은 라라의 끈질긴 설득에 넘어갔다.

이틀 내내 마른 태풍이 몰아쳤다. 비를 동반하지 않았지만 앙칼진 바람이 견고한 대리석 외벽을 가진 집 전체를 뒤흔들었다. 창틀이 부서져 내릴 듯 뒤흔들렸다. 밤이 깊었을 때 아래층이 소란스러웠다. 나는 잠결에 일어나 난간에 손을 짚고 아래를 내려다보았다. 두 명의 남자가 환자를 간이침대에 눕혀 현관으로 나갔다.

환자는 두 눈을 부릅뜨고 안간힘을 써서 소리를 지르려고 했지만, 입에서는 거친 바람 소리만 났다. 환자의 팔과 다리는 압박 붕대로 묶여 있었다. 제사공장 사장이 엄마 라라의 어깨를 감싸고 그들 뒤를 따라 현관 밖으로 나갔다. 난간에 짚었던 손을 떼고 뒤돌아섰을 때 수혁이 겁에 질린 얼굴로 나를 노려보았다. 수혁이 내 앞으로 바짝 다가왔다.

“아, 저기.”

내가 뭔가를 말하기도 전에 수혁이 팔을 올려 내 뺨을 때렸다. 나도 모르게 뺨을 감싸고 뒷걸음질 쳤다. 수혁이 한 발짝 더 가까이 다가와 뺨을 감싸고 있는 내 손을 잡았다. 그리고 잡은 손을 아래로 내리고 다른 손으로 다시 내 뺨을 후려쳤다. 나는 이를 악물고 소리를 지르지 않았다. 수혁의 화가 가라앉을 때까지 뺨을 맞아도 좋았다.

폐쇄된 공장의 문에 기댔다. 등 뒤로 돌린 손으로 잠금 쇠붙이를 붙잡았다. 손에 녹이 묻어 진득거렸다. 손을 뺨에 댔다. 시큼하고 비릿한 녹내가 났다. 폐쇄된 공장 측면 벽에 드리워졌던 나무 그림자가 어둠과 뒤섞여 흔들리다가 마침내 어둠이 될 때까지 기다려도 수혁은 오지 않았다. 기다림에 헛된 희망을 버리고 혼자 숲으로 갔다. 마른 태풍이 휩쓸고 간 숲에는 잔 나뭇가지들이 쓰러져 있었고 웃자란 잡초는 뒤엉켜있었다.

나무에 등을 기대고 앉았다. 헝클어진 녹색 풀숲 사이로 강물이 흘러갔다. 물은 경사 없이, 바람 없이도 표면을 빛내며 한 방향으로 흘러갔다. 깊은 곳에 스며든 더 깊은 물과 함께 예리한 각도를 가진 내 슬픔을 품고 천천히 흘러갔다. 물이 다 흘러가면 내 슬픔도 함께 뒤섞여 흘러가는 것일까.

도어 록이 들려지고 번호를 누르는 소리가 들렸다. 나는 재빠르게 일어나 흔적을 지우기 위해 침대보를 손으로 쓸고 이불을 가지런히 해놓았다. 식탁 의자에 앉았다. 현관 센서 등이 켜졌고 내 신발을, 이내 나를 발견한 수혁이 현관에 멈춰 섰다. 수혁은 센서 등이 꺼질 때까지 움직이지 않았다.

핸드폰을 펼쳐 시간을 확인했다. 새벽 두 시. 시간이 많이 흐른 것에 놀랐다. 폐쇄된 공장에서 너를 기다리듯 언제나 널 기다렸어. 수혁이 앞에 있으면 내부에서 자동으로 혼잣말을 웅얼거렸다. 센서 등이 다시 켜지고 수혁이 신발을 벗고 들어왔다.

고개를 들어 그를 바라보았다. 내 기억에 쟁여져 있는 그의 얼굴은 언제나 강물을 바라보는 측면이었다. 날카로운 옆얼굴 윤곽과 외롭게 느껴지는 휘어진 콧날. 정면으로 바라본 수혁은 형광 불빛에 창백해 보였고 쓰러질 듯 피곤해 보였다. 내리깔고 있는 눈은 그 어떤 것에도 무관심한 듯 보였고 꽉 다문 입은 석상처럼 붙어 있었다. 메고 있던 백 팩을 식탁 의자에 내려놓고 손에 들고 있던 책을 식탁 위에 놓았다.

"이 늦은 시간까지 도서관에 있었니? 밥은. 밥은 먹었니?"

수혁은 대답 없이 현관 앞으로 가 문을 열었다. 도어 록을 밀어 올려 키를 작동시켰다. 번호를 바꾸는 거였다. 문을 열어놓은 채로 현관에 서서 나오라고 말했다. 목이 메었고 갈증이 심하게 느껴졌다.

"물 한 잔 줘. 마시고 갈게."

수혁은 현관문을 거칠게 닫고 들어와 냉장고 문을 열었다. 생수병을 집어 들고 문을 과도하게 소리 내 닫았다. 유리컵을 꺼내 물을 따라 내 앞에 놓았다. 컵은 지문 하나 없이 말끔하게 닦여졌고 물이 반 넘게 따라져 있었다. 나는 천천히 컵을 들어 물을 들이켰다.

목각인형처럼 무표정한 수혁이 내 바로 앞에 서 있었다. 청바지를 입은 긴 다리가 내 무릎에 닿을 듯 가까이였다. 내가 유리컵을 내려놓자 수혁의 양다리가 내 허벅지를 죄었다.

엉거주춤 식탁 의자에서 일어서려 할 때, 수혁이 우악스럽게 내 머리채를 휘어잡고 고개를 쳐들게 했다. 고개가 쳐들려지자 벌려진 입으로 수혁의 입술이 밀고 들어왔다. 거칠게 입술을 빨고 깨물었다. 검지를 내 입에 넣어 입을 더욱 벌리게 하고 차가운 혀를 밀어 넣었다. 차가웠던 혀는 내 혀에 달라붙자 금세 뜨거워졌다. 머리채를 잡아당기는 손에 힘이 들어가 머리채 전체가 쑤욱 뽑힐 것 같았다. 나도 모르게 수혁의 셔츠를 끄집어내고 셔츠 속에 손을 집어넣었다. 수혁의 맨 살갗에 내 손이 닿자 수혁이 급작스럽게 몸을 떼고 나를 벽으로 밀쳤다. 내 머리 뒤통수와 어깨가 벽에 부딪혔다.

"원하는 것이 이런 거지? 지겨워. 꺼져."

손으로 입을 틀어막고 침으로 젖은 뺨을 닦으며 현관으로 나갔다. 후들거리는 발을 신발에 꿰고 현관문을 열었다. 가슴이, 명치끝이 저렸다. 콕콕 찌르는 내밀한 어떤 감각이 나를 돌아서도록 만들었다. 돌아서지 않은 채 서 있는 그의 등을 안았다. 터질 듯한 내 심장의 울림이 얄팍한 등에 고스란히 전해졌다. 수혁이 뒤를 돌았다.

Ⅱ부

1. 지옥의 곁

스페인령 그란 카나리아 제도 라스팔마스에서 출항한 태극호가 속초항에 도착했다. 진눈깨비가 내리는 1971년 12월 3일 저녁 8시였다.

하루 전만 해도 음력 보름 달빛이 쏟아져 사방 바다는 애잔한 푸른 형광 빛을 냈다. 선원들의 마음은 달처럼 부풀었다.

이등 항해사가 도착 24시간 전이라 외치자 선원들이 기합을 넣고 뱃전을 정리하고 짐을 꾸렸다. 다음 날 아침부터 겹겹이 쌓인 구름이 먼바다 위로 흘러내렸다. 부딪히는 것이라면 뭐든지 삼키려 드는 검은 파도가 뱃전을 타고 넘었다. 그러는 사이 일제히 구름의 갈피를 털어낸 듯 진눈깨비가 쏟아졌다.

등대에서 쏘는 불빛이 이십 마일 거리에서 깜빡거렸다. 백색 원형의 콘크리트 등탑이 시야에 뚜렷해졌을 때, 진눈깨비 사이로 검은 항구가 모습을 드러냈다. 선원들은 속초항 등대에서 쏘는 불빛에 바쁘게 놀리던 손을 멈추고 육지를 향해 비명을 질러댔다.

물색이라면 질릴 만큼 질린 그들은 진눈깨비에 폭폭 젖어드는 흙이라도 핥아먹을 기세였다. 육지 계집의 속살을 떠올리며 제 사타구니를 꾹꾹 눌러보던 선원은 열없이 팔을 들어 제 겨드랑이를 긁어댔다.

선장은 일등 항해사, 기관사와 갑판장을 불러 속초항에서 하선할 인원을 검사한 후 하선 증명서를 주었다. 태극호는 속초항에서 선원들을 내려놓고 하루 쉬고 부산항으로 귀항하는 게 최종 일정이었다. 하선 증명서를 받은 선원들은 선장에게 거수경례하고 배에서 내렸다.

36개월 만의 귀항이었다. 아프리카 대서양 연안에서 구역질 나게 트롤 어업을 했다. 조업한 고기를 운반선에 넘겨줄 때마다 현찰이 착착 들어왔다. 북태평양에서 명태 트롤 어업으로 거친 바다 경험을 쌓은 선장은 서부 아프리카 연안을 고향 바다처럼 누볐다. 기니비사우, 세네갈, 시에라리온 등 수천 킬로미터에 이르는 어장의 물색과 물때를 파악한 선장은 밤낮 구분 없이 트롤을 던졌다.

일본과 유럽의 선원들과는 달리 한국 선원들은 물때라 여겨지면 한밤중에라도 나가 문어와 갑오징어, 돔을 건져 올렸다. 정부가 프랑스와 이탈리아에서 빌린 자금으로 마련한 삼백 톤 원양 어선 태극호에 승선했던 35명의 선원은 단 한 명의 이탈 없이 더 거칠고 탄탄한 사내가 되어 돌아왔다. 각자 집 한 채씩 장만할 수 있는 돈도 벌었다. 선원들은 현지에서 산 라디오와 전기제품, 미제 화장품과 배에서 쓰다 남은 화장지와 하이타이까지 챙긴 보따리를 어깨에 둘러메고 배에서 내렸다. 삼등 항해사와 갑판수까지 내려가자 뱃전을 후려치는 파도에 배가 흔들렸다. 선장은 노르웨이산 피요르드 가죽 코트 주머니에서 담배를 꺼내 불을 붙였다.

필례는 지하 창고에서 갑판으로 올라갔다. 진눈깨비 사이로 보이는 검은 항구 도시를 바라보던 필례는 허리춤에 끼워두었던 식칼을 꺼내 바다에 집어 던졌다. 석 달 동안 수니를 지키기 위해 한시도 빼놓지 않았던 녹이 슬어 무뎌진 칼이었다.

어선에 계집을 태우면 불운이 덮치고 암초와 먹구름이 바닷길과 하늘길을 헤집는다는 뱃사람들의 말을 알기에 필례는 한국 귀항을 준비한다는 태극호의 출발 하루 전에 지하 창고로 몰래 숨어들었다.

삼등 항해사는 창고에 갔다가 쌀과 소금 포대 옆에서 계집을 발견했다. 태극호가 라스팔마스에서 출항한 지 나흘이 지난 새벽이었다. 삼등 항해사는 계집을 선장에게 데려갔다. 필례는 선장 앞에서 식칼을 제 목에 댔다.

"죽어라. 어차피 승선 증명서도 없는 계집, 내 손 더럽게 만들지 말고 스스로 죽어라. 아니면 내 손으로 바다에 밀어 넣을 수밖에."

필례는 윗옷의 목둘레에 칼을 대고 아래로 찢었다. 둥글고 하얀 젖가슴이 튀어나와 출렁거렸다. 필례는 식칼로 젖가슴을 도려내듯 밑 가슴에 칼을 그었다. 피가 솟구쳤다. 일등 항해사와 갑판장과 갑판수가 필례에게 다가가 양손을 붙잡았다. 계집은 솟구치는 피에 아랑곳하지 않고 피가 흐르는 가슴을 움켜쥐고 두 눈에 불을 켜고 선장을 바라보았다.

"계집으로 여기지 말고 죽은 귀신으로 여겨주세요. 조업 마치고 귀항하는 뱃길, 혼으로 달라붙어 안전하게 지켜드리겠습니다."

선장은 일등 항해사와 갑판장의 거센 반발에도 불구하고 필례를 거두어줬다. 나흘 지나온 뱃길을 돌려봤자 승선 증명서도 없는 계집을 태운 경위 조사로 지체될 것이 분명했다.

신원이 불확실한 계집에 대한 집요한 조사로 인해 골치 아픈 일에 휘말려 들 수도 있고 출항이 연기될 수도 있었다. 선장은 계집을 창고에 가두고 한 발짝도 나오지 못하게 했다. 선장이 사흘에 한 번 계집의 가슴 상처를 소독하기 위해 창고로 갔다. 선장은 장대에서 꾸들꾸들 마르고 있는 문어 다리 하나를 잘랐다. 한주먹 떼어놓았던 주먹밥을 문어 다리와 함께 계집에게 내밀었다.

밑 가슴의 칼자국에 엉겼던 피딱지가 아물 즈음 선장은 창고에서 검고 비쩍 마른 아이가 낡은 모포를 뒤집어쓰고 있는 것을 발견했다. 선장이 욕설을 내뱉으며 아이가 덮고 있는 모포를 벗기려 할 때, 필례는 선장 앞에 무릎을 꿇고 선장의 바지를 벗기고 허겁지겁 입을 놀렸다. 안 그래도 말랑거리는 가슴살을 소독할 때마다 몸이 근질거렸고 달아올랐던 선장이었다.

그는 굳었던 몸이 풀리자 파닥거리는 계집의 몸을 잡은 생선 다루듯 이리저리 까뒤집고 파헤쳤다. 가느다란 여자의 팔다리를 잡고 생선 가시를 잡은 듯 쪽쪽 빨았다.

계집이 창고에 갇혔다는 것은 귀항하는 뱃길에 심심풀이로 조업을 하던 선원들과 뱃전으로 몰려드는 갈매기까지 알게 되었다. 찬비라도 쏟아지면 온몸에 하이타이를 바르고 빗물에 몸을 씻던 선원들은 먹구름 뒤에 폭풍우가 들이칠 때마다 계집을 원망했다. 어선 밑바닥에 작은 암초라도 걸리면 계집의 존재부터 떠올렸다. 먹구름이 지나고 들끓는 태양이 내리비치면 선원들은 가슴을 쓸어내렸다.

'귀신 취급해 달랬대.'

'혼령이 되어 배를 지켜준대. 독한 계집이야.'

그렇게 말은 했지만, 달빛이 바다에 푸른 형광 물결을 만드는 밤이면 서로 암묵적인 신호와 감시 속에서 창고를 찾아갔다. 계집은 식칼을 휘둘렀지만 일을 크게 만들지 않았고 수니를 들키지 않기 위해 서둘렀다. 석 달 동안 계집을 찾지 않은 선원은 단 한 명도 없었다.

모든 선원이 하선하자 선장은 서류를 들고 항만회사 사무실에 갔다. 진눈깨비가 본격적으로 단단한 눈덩이로 굳어 떨어졌다. 선착장에 정박한 배들은 굵어진 눈발에 출항을 포기하고 집어등을 모두 점멸했다. 선장은 새카만 어둠 속에서 눈앞을 어지럽히는 흰 눈빛을 쏘아보며 배로 돌아왔다.

그는 모자를 벗어 쌓인 눈을 털고 뱃전에 서 있는 필례에게 손전등을 줬다. 손전등을 받은 필례는 창고 문을 열었다. 해풍으로 삭은 생선 대가리처럼 뾰족한 얼굴에 새카맣게 눈빛이 번들거리는 수니를 일으켜 세웠다. 팔다리가 가시처럼 마르고 배만 불룩 나온 수니는 지옥에서 걸어 나오듯 첫발을 디디다 그 자리에 꼬꾸라졌다. 암흑 속에 익었던 눈은 손전등 빛이 비치는 시커먼 바닷물을 보자 급작스럽게 안압이 올라 눈알이 터져 나올 것 같았다.

"유리, 유리 보리소비치 스미르노프"

빛과 언어를 잃었던 자가 죽음 같은 잠에서 깨어나자마자 무의식중에 내뱉는 것처럼 그의 이름을 불렀다. 필례는 수니의 뺨을 때렸다.

"살자, 살아보자."

필례는 그렇게 말했지만, 지옥을 벗어나 닿으려는 곳이 지옥이 아니라는 확신을 할 수는 없었다. 죽은 자작나무에서 버섯이 자라나듯 지옥에서라도 살아가야 했다. 나는 어미다. 저 아이의 뱃속엔 생명이 꿈틀거리고 있다.

필례는 이를 악물고 수니를 부축해 갑판에 올라섰다. 양어깨에 훈장처럼 눈을 쌓으며 서 있는 선장이 뒤를 돌아보았다. 선장은 처음으로 앙상한 아이가 소년이 아닌 배가 불룩한 계집이라는 것을 알았다. 선장은 제 앞으로 다가와 고개를 숙이는 필례의 손을 잡았다. 제 새끼손가락에 끼웠던 금가락지를 빼 필례의 장지에 끼워주었다. 가죽 코트 주머니에서 접은 지폐와 종이 한 장을 꺼내주었다. 필례는 축축한 지폐와 종이를 받았다.

"배에서 일은 악몽이라 여기고 훌훌 털어 버리소."

"제 생전 어디서든 지옥 곁이었어요."

"뱃놈들은 사람 죽여 바다에 버려도 입이 무겁지만 믿지는 마쇼. 좆 달린 것들이야 추가 움직이는 대로 움직이는 법. 가능한 한 빨리 이곳에서 멀리 가이소."

선장은 종이에 적힌 곳으로 찾아가 가락지를 보여주라고 했다. 필례는 수니를 부축해 뭍에 발을 내딛고 고개를 돌려 선장을 바라보았다. 선장은 창고에 올 때마다 손전등을 비췄다. 몸을 웅크린 필례의 목덜미로 손전등 빛이 쏟아졌다. 바닷물을 끌어 올려 씻은 그의 살결은 언제나 짭짤했고 하얗게 버석거리는 소금이 들러붙어 있었다.

필례는 선장에게 고개를 숙여 인사하고 돌아섰다. 허름한 술집과 창녀촌을 어슬렁거리는 뱃사람들을 피해 속초항에서 빠져나오자마자 출발하려는 버스에 무작정 올라탔다. 버스가 야트막한 이 층 건물들이 나란히 늘어서 있는 시내로 보이는 곳에 도착했다. 빛에 익지 못한 눈을 비비고 있는 수니의 어깨를 붙잡고 버스에서 내렸다. 막일꾼들을 위해 불을 켜고 새벽 국밥을 끓이고 있는 가게로 들어가 순대국밥을 먹었다.

수니는 서너 숟가락을 먹고는 딸꾹질을 했다. 덩어리는 못 넘기고 국물만 넘겼다. 서툴게 숟가락을 잡고 시적 거리는 수니를 국밥집에 두고 필례는 새벽시장 골목으로 들어갔다. 가스등마저 눈에 폭 쌓여 빛을 흡수한 눈이 시장 골목을 눈빛으로 되쏘았다. 검은 천막으로 덮어놓은 물건들을 살피며 골목 안으로 들어가다 천막들 사이로 희미하게 빛이 새어 나오는 가게로 갔다.

필례는 나무 덧문을 흔들었다. 겉창의 흔들림에 눈에 젖은 뒤틀린 나무 틈새로 빛이 쏟아졌다. 뉘시오. 느릿하게 나무 덧문을 연 할머니는 가게 안쪽에 난로를 피워놓고 물을 끓이고 있었다. 방금 연탄을 갈았는지 매캐한 연탄 냄새가 콧속으로 파고들어 왔다.

"옷을, 옷을 좀 사려고요."

필례는 되는대로 손에 잡힌 옷을 집어 들었다. 옷 가격도 묻지 않고 허리춤에서 꺼낸 축축한 지폐를 한 장 주었다. 옷을 집어 들고나오려 할 때 할머니가 필례의 어깨를 잡았다. 할머니는 시멘트 포대를 펴서 만든 종이 가방에 옷을 개켜 담아주었다. 녹색 털실로 짠 목도리와 장갑과 모자도 넣어주었다.

"그리 큰돈을 막 쓰면 남들이 간첩이라 여길 거유. 거스름돈을 줄 테니 이걸로 써."

공중목욕탕에서 옷을 벗고 수니와 자신이 입었던 옷을 종이 가방에 싸서 쓰레기통에 집어넣었을 때야 안심이 되었다. 필례는 배가 불룩한 수니를 탕 안으로 데리고 들어갔다. 뜨끈한 물속에 몸을 담그자 긴장이 풀어져 저절로 앓는 소리가 났다. 수니는 찬 습기가 흘러내리는 흰 타일 벽에 등을 기대 손으로 배를 감싸고 눈을 감았다. 필례는 밑 가슴에 아문 상처를 손으로 짚었다. 저 아이의 뱃속엔 생명이 꿈틀거리고 있다. 살아야 한다. 죽은 자작나무에서 버섯이 자라나듯 지옥에서도 살아가야 했다.

필례는 과거를 조작했다. 과거를 지우고 새로운 현재를

살아갈 수 있는 그녀의 방식이었다. 발이 닿는 곳, 수니가 아이를 낳는 곳이 우리 셋의 고향이 되리라. 녹색 목도리를 두르고 창유리에 머리를 기대고 잠들어 있는 수니의 머리를 제 어깨에 댔다.

바다를 따라 물치항, 하조대, 죽도항, 남애항, 주문진항, 영진항을 거쳐 강릉에 도착했다. 필례는 버스 터미널 직원에게 선장이 준 종이를 펼쳐 보였다. 안인진항 청파 집. 직원은 안인진, 정동진 쪽으로 들어가는 버스가 끊겼다고 했다. 눈이 쏟아지는 기색을 봐선 순식간에 무릎까지 쌓일 것이고 얼마나 퍼부어질지 모르지만, 내일도 버스가 다닐지 장담할 수는 없다고 했다.

필례는 터미널에서 나와 역 근처로 갔다. 수니는 녹색 털모자를 쓰고 말없이 필례의 뒤를 따랐다. 푸른 석면 슬레이트 지붕이 다닥다닥 붙어 있는 여인숙 골목으로 접어들었다. 한 사내가 하얗게 변한 연탄을 쌓이는 눈 위로 던지고 집게로 탄을 부쉈다. 부숴놓은 연탄재를 밟으며 걷다가 작은 상점 곁에 있는 여인숙으로 들어섰다. 비좁은 마당에는 짚을 놓아 발 디딜 곳을 정해놓았다.

여인숙 여자는 인기척에 문을 열었다가 사내가 아닌 여자들을 보곤 입을 비죽 내밀었다. 여자는 파묻혀 있는 이불에서 나오지 않았다.

"여자 들일 방은 없는데. 가뜩이나 연탄배달도 안 해줘 방마다 냉골이오."

필례는 선장이 준 지폐를 한 장 꺼내줬다. 여자는 지폐를 보고 눈이 휘둥그레져 이불을 내팽개치고 나왔다. 여자는 필례와 수니를 내실 바로 곁방으로 안내했다. 내실 아궁이에 있던 활활 불붙은 연탄을 넣어주곤 아랫목이 데워질 때까지 내실에 와있으라 했다. 수니는 냉골 윗목에 개켜진 이불을 펼치고 몸을 옆으로 뉘었다. 둥근 배가 이불에 흘러 깔렸다. 필례는 그 돈으로 며칠 묵을 수 있는지 물었다.

"어데서 왔소? 저 처녀는, 아니 새댁은 홑몸이 아닌 것 같구먼."

필례가 대답하지 않자 여자는 고개를 갸웃거리며 얼마나 머물 예정인지 물었다. 그것도 알 수 없었다. 필례는 장지에서 헐렁거리는 금가락지를 돌렸다. 안인진 청파집이 어떤 곳인지, 선장과 어떤 관계인지, 자신과 수니를 받아줄지 알 수 없었다. 수니의 배는 태극호에서 내리자마자 급격하게 부풀어 올랐다. 필례의 어림 계산으로는 이 달이 산달이었다.

안전한 곳을 찾아야 했다. 들짐승들도 산기가 내비치면 나뭇가지와 털을 모아 안전한 장소에서 생명을 받아들일 준비를 했다. 필례는 한 달 넘게 머물게 될지도 모른다고 했다. 여자는 한 달 방세로는 빠듯하지만 일단 받아주겠다고 했다. 한 달이 아니라 두 달 꼬박 손님을 받아도 그만한 돈을 한꺼번에 벌어들일 수 없는 팍팍한 시절이었다. 필례는 머물 곳이 정해지면 남은 돈을 돌려달라고 하려다 말하지 않았다.

안인진에 다녀온 후 결정하기로 했다. 희망 따윈 버린 지 오래였다. 희망보다는 최악의 상황을 미리 상상해보고 절망에 빠져 허우적거리지 않도록 단련시키는 것이 몸에 뱄다.

수니의 배에 손을 얹고 살짝 눌러 태아의 움직임과 크기를 짐작해봤다. 살집이 없는 몸피여서 양수도 작고 아기집도 작을 것이 분명했다. 태아는 자궁을 향해 머리를 내밀고 자리를 잡는 중이었다. 수니의 명치끝에 닿아 있는 태아의 발은 제법 크기가 느껴졌다. 발끝으로 여겨지는 부분을 누르니 꿈틀거렸다. 살아있어 줘 고맙고 또 그래서 앞날이 캄캄했다. 갑자기 문이 벌컥, 열렸다. 문틀이 뒤틀렸는지 틀이 흔들리자 슬레이트 골의 처마 끝에 매달려 있던 고드름이 후드득, 떨어졌다. 주인 여자는 연탄 아궁이에 감자 세 개를 올려놨으니 익으면 꺼내 먹으라고 했다.

이불 속에서 팔을 괴고 손을 뻗어 방문을 열었다. 강렬한 겨울 햇살이 여인숙 비좁은 마당에 바글거렸다. 슬레이트 골마다 물이 흘러 뚝뚝 떨어지는 소리에 필례는 잠에서 깼다. 밤새 연탄이 아랫목을 데워 등허리가 뜨듯했고 무거운 목화솜 이불을 들추니 찬 공기가 바람에 밀려 들어왔다. 마당에 쌓여있던 눈은 햇살이 닿은 곳부터 녹기 시작해 오목하게 파인 곳으로 물줄기를 만들며 흘러 들어갔다. 깨끗하고 평온한 겨울 아침이었다.

열세 살, 어머니의 손을 잡고 아버지를 찾아 사할린으로 가는 배를 집어 타기 전에도 이런 아침을 맞이했다. 찬 공기에 나서기 싫어 따뜻한 아랫목에 누워 밖을 내다보았다. 누군가 불러내면 잠을 자는 척 꾀를 부렸다. 이불을 들춰내는 억센 손에 혀를 날름거리며 부엌 아궁이로 가 짚에 불을 붙였다. 불붙은 짚단을 꺼내 들어 횃불처럼 빙빙 돌리다 누군가에게 등짝을 얻어맞았다. 정확한 기억인지 알 수 없었다. 생각나는 것이 실제로 경험했던 기억인지 냉습한 어둠 속에서 만들어낸 상상인지 헷갈렸다.

바닷가 근처 마을이었다. 오 리 정도 걸어가면 검은 바위가 파도를 가르는 해변에 닿았다. 바위틈에서 솟아오는 미

역을 건져 올렸다. 미끈거리는 미역을 오래 씹으면 짭조름
한 소금기가 가시고 끝맛이 달달 했다. 장대에 걸어둔 명태,
오징어를 서리해 옷 속에 숨기고 모래사장을 뛰어다녔다.
눈 쌓인 모래에 발이 푹푹 빠져 젖은 발목이 선뜻했다. 사내
애들이 바위틈에 불을 놓아 덜 마른 눅눅한 명태를 구웠다.

아니, 그렇지 않았다. 라스팔마스에서 더위를 이겨내기
위해 만들어낸 상상일 것이었다. 산 중턱 서낭당에서 굿을
하면 마을 사람들이 산으로 몰려갔다. 풍어를 기원하는 굿
을 하던 무당이 길고 검은 칼로 피가 뚝뚝 떨어지는 돼지의
살점을 뜯어 허공에 흩뿌렸다. 손에 땀이 배도록 숨죽이고
기다렸다.

아이들은 굿이 끝나면 알록달록 색동을 들인 동글납작한
옥춘당을 괴어놓은 제단 앞으로 달려가 양손 가득 사탕을
집어 들었다. 꾀가 많았던 필례는 광목 자루를 만들어 갔다.
광목 자루 따윈 만들지 말았어야 했다. 광목 자루를 펼쳐 산
자, 강정, 옥춘당, 모약과를 쓸어 담은 사람은 사촌 언니였
다. 광목 자루를 들고 우물쭈물 서 있는 필례의 손에서 광목
자루를 가져간 사촌 언니는 서낭당에서 나와 자루 속 모약
과 두세 개만 나눠줬다. 자신의 것을 뺏겼다고 생각해 분했

다. 별것도 아니었는데 속으로 사촌 언니의 욕심과 식탐을 욕했다.

사할린에서 서낭당의 일이 자꾸 떠올랐다. 사촌 언니에게 빼앗긴 광목 자루 때문에, 속으로라도 악담을 해서 사촌 언니의 남자에게 짓밟혔다고 여겼다. 사촌 언니는 결혼을 앞두고 사할린으로 간 신랑을 찾기 위해 밀항을 했다.

그녀는 사할린에 도착하기도 전에 바다로 뛰어들었다. 일본 노동자 관리국의 초대로 사할린으로 가는 것이었지만 일본까지 갈 수 있는 여비가 없어 싼값에 밀항했다. 몰래 태워준 어부들은 밀항자들을 죄인 취급했고 막 대했다. 사촌 언니가 어부 중 누군가에게 목숨보다 중요한 무엇을 빼앗겼다고 했다. 사촌 언니가 빼앗긴 것이 무엇인지 알 수 없었다. 사촌 언니는 시퍼렇게 차가운 바다에 뛰어들며 팔을 뻗었다. 어딘가에 닿으려는 듯 헤엄치고 허우적거리다 속이 보이지 않는 검은 물 밑으로 가라앉았다. 어부들이 어어, 손짓하다 이내 고개를 돌렸다.

그때, 어머니는 내 뼈가 으스러지도록 꼭 안았다. 숨이 막혔다. 어머니 눈에서 떨어지는 눈물로 내 어깨가 흠뻑 젖었다. 목숨이 가장 귀해, 목숨보다 중요한 것은 없어. 명심해라, 꼭 살아서 돌아가자. 그렇게 말했던 어머니는 사할린의 냉습한 바람이 폐에 들어차 피를 토하고 죽었다. 폐가 부풀어 올라 숨을 내쉴 수 없었다. 죽기 직전까지 내 팔에 손톱자국을 남기며 악을 썼다. 새파란 입술을 벌리고 마지막 숨을 들이마시고 내뱉지 못했던 어머니의 죽음은 또렷이 기억났다.

열세 살까지 살았던 마을 이름은 생각나지 않았다. 이십팔 년 동안, 유리 조각이 명치에 걸린 사람처럼, 목전에 죽음을 둔 사람처럼 겁에 질려 살았다. 혹은, 약간의 온기만으로도 쉽게 녹아버리는 얼음처럼 되는대로 모든 것을 풀어헤쳐 놓고 녹은 듯 죽은 듯 살아왔다.

속초항에서 버스를 타고 도착하는 항마다 내려 주위를 살폈다. 물치, 하조대, 죽도, 남애, 주문진, 영진. 모든 항의 해변이 꿈에서 본 것처럼 비슷했고 동시에 낯설었다. 항마다 내린 바닷가 모래사장 한쪽에는 바위가 있고 뒤를 돌아보면 산이 보였다. 어떤 산 중턱에는 집들이 빽빽하게 들어찬 곳도 있었고, 해송만 가득한 야트막한 곳도 있었다. 산 중턱에 알록달록한 천을 매달아 놓은 서낭당은 보이지 않았다.

대문 없는 여인숙 마당으로 손수레가 들어왔다. 연탄이

실린 손수레를 끄는 사내 뒤를 여인숙 주인 여자가 뒤따라 들어왔다. 사내는 여자가 정해준 곳에 연탄을 쌓았다. 양쪽 집게에 탄을 두 장씩 집어 한 번에 네 장씩 날랐다. 햇빛이 마당으로 빼곡하게 떨어졌다. 붉은 흙, 흰 연탄재, 짚이 녹은 눈과 뒤엉켜 질척거렸다. 사내의 걸음을 따라 검은 탄 부스러기가 떨어져 마당이 새카매졌다.

수니를 깨웠다. 수니는 일어나자마자 배를 감싸 쥐고 눈을 찡그렸다. 여인숙 여자가 스테인리스 쟁반에 국과 밥을 차려 가져다주었다. 보리밥에는 감자가 섞여 있었다. 마른 명태와 미역을 넣고 끓인 장국은 잊고 있었지만 분명, 오래전에 경험했던 입맛을 되살려냈다.

꼬들꼬들한 살이 느껴지는 명태를 오래 씹었다. 풀어 헤쳐져 미끈거리는 미역은 혀끝에 놓자마자 목구멍으로 후룩 넘어갔다. 맛과 씹히는 질감과 촉감의 기억이 되살아났다. 쟁반을 돌려주고 여자에게 안인항까지의 거리를 물었다. 여자는 버스 시간만 딱 맞추면 한 시간이면 간다고 했다. 필례는 오늘 안 올지도 모르니 하루치 방세를 뺀 남은 돈을 돌려달라고 했다. 여자는 쟁반이 우그러질 정도로 부엌 부뚜막에 쟁반을 세게 던지며 한 달 머문다고 했지 않았냐고 언성을 높였다.

"이렇게 눈이 빨리 녹을 줄은 몰랐어요."

"여기야 12월 눈이 눈이오? 일 이월 돼야 제대로 폭폭 쌓이는 눈이 내리지. 돈 없소. 아까 탄 들여놓은 것 못 봤소. 연탄 가져가소."

필례는 되돌아오면 저 방에서 머물 것이고 돌아오지 않으면 다음에 잔금을 받으러 오겠다고 찬찬히 설명했다. 여자는 알겠다고 고개를 끄덕였다. 필례는 방에서 지나간 달력 한 장을 뜯어와 서류를 작성해 달라고 했다. 여자는 그래 의심이 많나, 그럴 것이면 애초에 하루 치 내던가, 라며 큰 목소리로 말하다가 한글을 쓸 줄 모른다며 말끝을 흐렸다. 필례는 간단하게 약조한 사항을 적고 여자에게 읽어줬다.

여자는 필례가 적은 달력을 펼쳐 뚫어지게 쳐다보았다.

"뭔 글씨를 이렇게 신문처럼 따박따박 잘 쓰오. 몇 살이오?"

"마흔 둘. 그 정도 같아요."

"안인, 지내기 마땅치 않으면 이리로 돌아오소. 내 얼굴 뒤를 관통해 앞날을 내다보는 눈이 있소. 여태 험한 일을 당했어도 마흔 고개 넘으면 금송아지를 거느릴 팔자요."

안인진으로 가는 버스를 타기 위해 시내를 관통해 걸었

다. 거리는 기억 속에 있던 조선과는 너무나 다른 곳으로 변해있었다. 극장과 식당, 은행 건물 등 이 삼 층짜리 건물이 줄줄이 늘어서 있었다. 길을 걷는 사람들은 중노인을 제외하곤 한복을 입은 사람은 찾아볼 수 없을 정도로 신식 옷을 입었다. 자동차가 수두룩하게 다녔고 거리에는 자동차가 내뿜는 매연과 연탄가스 냄새로 매캐했다. 매캐한 석유 내와 연탄 냄새가 발달한 도시의 상징처럼 여겨졌다.

녹색 모자를 쓰고 목도리를 두른 수니와 함께 안인진항 종점에 내렸다. 필례는 주위를 살폈다. 기찻길 너머 디귿 자로 싸여 있는 해안 한쪽에는 검은 바위가 가득했다. 왼쪽으로는 강과 만나는 합수부고 강 위로 빨간 다리가 있었다. 철로가 놓인 빨간 다리 아래 목선이 몇 채 정박해 있었다. 뒤쪽을 바라보니 역시 높이가 꽤 되는 산이 있었다. 안인진항 종점에 있는 대여섯 채의 집에서 청파집, 이라는 간판을 찾을 수 없었다. 필례는 대문 없는 집 마당에서 그물을 손질하고 있는 할머니에게 청파집을 아냐, 고 물었다. 할머니는 그물 잡은 손을 놓고 손짓으로 철길 건너편을 가리켰다. 오른쪽 아래로 내려가면 철길을 건널 수 있는 길이 있다는 것도 알려줬다.

언덕을 내려가 철길을 건너니 집이 세 채 보였다. 간판은 없었지만 제일 오른쪽이 청파집이라는 것을 대번에 알 수 있었다. 하얗게 칠해진 담 외벽에 푸른 파도가 그려져 있었다. 그림은 거칠게 몰아치는 바다의 한 부분을 떼어놓은 것처럼 파도치고 있었다. 대문 없는 집에 들어가 안을 살폈지만, 인기척이 없었다.

수니를 마루에 앉혀놓고 담 앞에 서서 해안을 내려다보았다. 산그늘 아래 녹지 않은 모래사장 위의 눈은 파도와 만날 때마다 바닷물에 젖어 녹았다. 눈이 하얗게 쌓인 바위에 파도가 지나가자 검은 바위가 드러났다. 담 옆 세워둔 장대에는 손바닥만 한 생선이 매달려 있었다.

납작한 생선은 머리와 눈, 꼬리가 통째로 고스란히 매달려 있었다. 두 눈이 모여 있는 곳의 몸통은 회갈색이었고 반대편은 내장까지 내비칠 정도로 말갰다. 노란 테두리가 있는 얄팍한 생선은 종이를 오려 붙여놓은 듯 바람에 팔랑거렸다.

"누구요?"

파도 소리를 이기는 큰 목청이었다. 빨간 함지를 머리에 인 노파가 바로 아래 가파른 길에서 불쑥 올라왔다. 노파는 이고 있던 함지를 내려놓았다. 빨간 함지에는 노란 테두리가 있는 손바닥만 한 물고기들이 파닥거렸다. 필례는 장지에 끼고 있던 금가락지를 꺼내줬다. 노파는 반지를 힐끗 보곤 받아들이지 않았다.

"왜, 그 반지 주인이 죽었소?"

"아니, 그건 아닌데. 저희가 머물 곳이 없어서요."

"그럼 됐소."

뭐가, 됐다는 것인지 필례는 알 수 없었지만, 말투가 너무 드세게 느껴 더 말을 붙일 수 없어 그대로 서 있었다. 노파는 함지 앞에 앉아 생선 아가미 부분에 쇠줄을 끼웠다. 순식간에 열 마리 생선이 쇠줄에 끼워졌다.

어떤 생선은 쇠줄에 끼워져서도 파닥거렸다. 노파는 열 마리씩 끼운 생선 두 줄을 장대에 고정해 놓고 피 묻은 손을 바지에 쓱쓱 문질러 닦고 마루에 앉으려다 두 손으로 배를 받치고 앉아 있는 수니를 봤다.

필례는 선장이 준 마지막 남은 지폐를 노파에게 줬다. 수니를 손으로 가리키며 아이를 낳을 때까지 머물게 해달라고 부탁했다. 노파는 바다를 면한 방의 문을 활짝 열었다.

"오래 비워 냉골에 웃풍이 센데."

수니는 노파가 설 말린 가자미에 간장을 살짝 끼얹어 졸여주는 가자미조림에 환장했다. 젓가락질이 서툰 수니는 양손으로 납작한 가자미의 몸을 잡고 고개를 돌려가며 살을 발라 먹고 손에 묻은 양념을 빨았다. 그 모습을 보면 수니 뱃속에 태아도 양분을 쪽쪽, 빨아들이는 것 같아 필례는 마음이 놓였다. 필례도 납작한 살을 젓가락으로 헤쳐 살을 입에 넣었다. 생선의 얕은맛은 오래전에 먹어본 적이 있는, 알고 있었던 맛이었다.

필례는 태극호 선장 방문 창호지를 덧발랐다. 노파가 장롱에 처박아 뒀던 진분홍 법단 치마를 꺼내줬다. 필례는 치마를 뜯어 바다로 면한 창에 법단을 덧댔다. 방 안에 훈김이 돌 즈음 틀어놓은 라디오에서 급작스럽게 긴급 방송이 흘러나왔다.

12월 6일 오전 10시였다. 대통령의 대변인이라는 윤주영이라는 사람이 긴장된 목소리로 전국에 국가 비상사태 선언을 했다. 국제 정세의 급변, 무장간첩 침투 등 뭔가 다급하고 무서운 상황이라고 반복했다. 라디오 방송이 나왔던 그 밤, 필례는 노파의 방에서 파래를 김발에 얇게 펴고 있었다. 마당으로 누군가 저벅저벅 걸어 들어왔고 이내 마루로 올라와 방문을 벌컥, 열었다. 양어깨에 커다란 가방을 메고 있는 선장이었다.

2. 빛이 가득한 아침

　　그는 갯바위가 연장된 물밑 지형을 살폈다. 갯바위 사이 곬이 깊게 파인 지형은 물밑 지형도 곬을 이루고 갯바위가 계단식 지형이면 물밑도 비슷한 형태였다. 조류가 물을 밀고 들어와 소용돌이치면서 급격하게 빨려드는 지점과 솟아오른 물밑의 수중여를 더듬었다.

　　그는 찌밑 수심을 점점 깊게 주면서 채비를 반복해 흘렸다. 밑 걸림이 생기는 지점이면 고개를 들어 툭, 불거져 나온 갯바위를 눈여겨봤다. 거리와 위치를 가늠했다. 조류의 흐름을 파악하며 채비를 끌어들이는 속도를 일정하게 유지해 수중여와 밑 걸림의 각도까지 파악했다. 모포를 두른 필레는 외항에서 갯바위 쪽으로 자리 잡아놓은 목선에 앉아 그를 바라보았다.

"밥 한술 더 먹는 것보다 가슴 가득 바닷내를 삼키는 것이 천성에 더 맞소."

필례와 둘이 있게 되면 곧잘 묻지도 않은 자신 얘기를 하고 곧장 필례에게도 질문을 퍼부어댔다. 암만 그래 봐야 필례는 배시시 웃기만 하고 선장이 원하는 대답을 시원하게 해주지 않았다.

"추, 춥지 않나요? 캄캄해서."

필례는 조업용 랜턴을 선장 앞으로 비춰줬다. 가슴 장화, 웨이더를 입은 그는 석축 사이로 들어갔다. 뜰채를 옆구리에 메고 가프를 들고 몸을 낮췄다. 그는 서두르는 기색 없이 천천히 움직였다. 허벅지께 닿는 수중여 밭에서 테트라포드의 갈라진 틈새를 살폈다. 문어든 해삼이든 뭐든 얽어걸리면 여자 입에 넣어주고 싶었다.

12월 중순치고는 날이 풀렸고 파도도 순하고 차분했다. 선장은 국가 비상사태로 원양 어선 출항이 열흘 연기되었다고 했다. 열흘이 아니라 석 달 대기래도 항에 남아 부두 여자 품에 있을 사람이 어쩐 일인가. 노파가 필례를 쳐다보며 말했다. 커다란 가방에서 희귀한 물건들을 꺼내던 선장은 노파 곁으로 바투 다가앉았다. 노파의 어깨며 옆구리를 꾹꾹 누르고 만지작거렸다.

"조만간 문어 큰 놈 하나 잡아 올 테니 고만 퉁 주소."

"문어 잡아먹고 어따 힘 쓸려고?"

노파는 필례의 장지에 끼워진 금가락지를 쳐다보며 쿡쿡 웃었다. 필례는 왼손으로 오른손을 감싸 반지를 감췄다. 노파는 선장의 어깨를 툭, 치곤 필례를 향해 고갯짓했다. 선장은 까맣게 탄 얼굴에 유독 희게 보이는 이빨을 드러내며 씨익, 웃었다. 그는 새벽에 일어나 미제 산화 염료제를 놋그릇에 괴어 희끗희끗한 머리칼을 염색했다. 선장의 머리칼이 새카매지자 늘씬하고 후리후리한 몸이 더 탄탄해 보였다.

"아프리카 깜둥이 청년처럼 젊어졌네."

노파는 선장을 놀려먹을 때마다 쿡쿡, 웃으며 필례를 바라보았다. 선장은 제 방에 필례와 수니를 계속 머물라고 했다. 집 안채와 떨어져 있는 바다로 면한 창고를 청소했다. 쌓여있는 그물들을 밖으로 끄집어내고 비린내에 절은 대나무 소쿠리, 장대, 낚시용품, 낡은 모터 등을 한쪽에 밀어 쌓아두었다. 이웃 어부에게 임대한 목선을 타고 금진항에 가 목재를 한 아름 구해왔다. 반나절 만에 목재로 커다란 평상과 허리 높이의 탁자를 뚝딱 만들어냈다. 노파가 들기에도 무거운 목화솜 이불을 평상 위에 깔아놓았다.

선장은 라스팔마스 시장에서 구해 온 물건들을 탁자에 진열해 놨다. 그는 필례가 저녁 설거지를 할 때면 아궁이에 나무를 넣는다는 핑계로 부엌에 들락거렸다. 수니의 잠자리를 살피고 노파의 방으로 들어가는 필례를 따라 들어왔다. 김발에서 마른 파래를 떼어내 차곡차곡 쌓아놓는 필례 곁을 맴돌았다.

노파가 파래김 백 장을 간추려 주면 선장이 잘라놓은 한지로 가운데에 띠를 둘렀다. 선장의 오른손등에 마른 육포처럼 붉게 짓물러진 상처가 있었다. 필례의 눈길을 의식한 노파가 백 장씩 포장된 파래김을 밀쳐두고 경대 앞에서 비녀를 뺐다. 선장은 필례의 어깨를 툭, 치곤 창고를 향해 손짓하곤 나갔다.

"손에 상처가 깊네요."

노파는 필례의 말을 못 들은 척했다. 노파는 간추리고 남은 파래를 한 장 집어 반을 잘라 필례에게 주고 나머지 반을 자신의 입에 욱여넣었다. 필례는 거친 질감이 느껴지는 파래를 착착 접어 입에 넣었다. 바짝 마른 파래가 입천장에 들러붙었다.

"상처 하나 없는 사람이 어디 있누. 그 손, 원래 그림 그리던 손이었소."

노파의 말에 필례는 담 외벽에 그려진 파도를 떠올렸다. 노파는 바닥에 떨어진 파래 부스러기를 손으로 쓸어모았다. 등명락가사, 묵호 수원지에 있는 미타사, 절간이면 절간, 굿당이면 굿 당. 선장의 손이 안 닿은 곳이 없었다. 계집 한 명이 따라다니며 밥도 짓고 보조도 했다. 어느 날, 손에 피를 철철 묻혀 돌아온 그는 곧바로 명태잡이 배를 타버렸다.

"이십 년도 전의 일이오. 원체 입이 고래처럼 무거워 내막을 몰랐는데. 같이 다니던 목수 말론 대관령 서쪽 어디 굿당서 일할 때 다른 화공이 제 계집을 욕봤다고도 하고, 그년이 젊은 목수와 붙어먹었다고도 합디다."

필례가 노파의 방에서 안 나오자 안달이 난 선장은 문 창호지에 침을 묻혀 구멍을 뚫었다. 안을 들여다보다 노파의 눈알이 창호지에 딱 붙어 마주 내다봐 기겁하며 기침을 해 댔다. 노파는 필례를 쳐다보았다. 억센 손으로 건드리면 흐슬부슬 헤질 것처럼 몸피가 작고 팔다리가 가느다랬다. 야들야들한 목 위에 쑥 빠져나온 얼굴도 주먹만 했는데 그나마 이마가 동그랗게 솟아 나와 복 있어 보였다. 그래도 먼 바다로 나가는 뱃사람이 한 계집에게 정 붙이는 것이 못마땅한 노파였다.

'아를 낳을 것도 아니면서 다 늙어서는.'

노파는 혼잣말하며 필례에게 나가보라고 했다. 선장은 부엌 아궁이 속에 놓아두었던 둥근 돌을 꺼내왔다. 뜨거워진 돌을 수건에 감싸 필례에게 안겨주었다. 필례는 돌을 받아 무릎에 올려놓았다. 창고 흙벽 사이의 허술한 틈새로 거친 바닷바람이 들이닥쳤지만, 뜨거운 돌의 온기가 필례의 몸을 데워줬다. 탁자에는 직사각형 가방 모양의 포터블 전축이 있었다. 선장은 길고 검은 머리의 여자가 커다랗게 그려진 음반을 꺼냈다. 조심스럽게 전축 위에 올려놓고 회전 조절 스위치를 누르고 침을 꿀꺽 삼켰다. 바늘을 들어 천천히 돌아가는 검은 원반 위에 올렸다. 콕, 쏘는 듯 치직거리는 소리가 필례의 심장을 찔렀다. 매번 듣는, 단 하나의 음반이었지만 들을 때마다 가슴을 콕콕, 찔렀다.

라리 라라라 라라라.

"일본인 선장 밑에서 일을 배웠는데 선장이 매일 저 노래를 틀어놓았소. 벤젠으로 엔진을 닦아낼 때면 머릿속에서 웅, 소리가 났소. 벤젠에 오래 노출되면 환각이 보이거든. 강력한 기운에 짓눌려 몸을 움직일 수 없을 때 나도 모르게 흥얼거렸소. 카니발의 아침을, 너무나 아름다운 아침을 노래한 거라 하더군. 이곳으로 돌아오면서 당신에게 들려주고 싶었소."

선장은 음반을 틀어놓고 평상 위, 햇솜이 숨이 죽지 않아 부풀어 오른 목화솜 이불에서 필례를 안았다. 돌의 온기가 식어버려도 상관없었다. 서두르지 않고 천천히 달아오른 선장과 필례의 몸이 돌보다 더 뜨겁게 달궈졌다. 선장은 폐에 꾸덕꾸덕 쌓여있는 바닷내가 빠져버릴 정도로 천천히 공을 들여 숨을 내쉬었다. 필례는 자신의 몸을 자신보다 더 섬세하게 어루만져주는 선장의 손에 뾰족하게 얼어붙어 몸 구석에 쌓인 한까지 녹아버리는 것 같았다. 마침내 돌이 차갑게 식어버리면 필례는 옷을 꿰입고 창고를 나왔다. 수니가 잠들어 있는 방으로 들어갈 때 멀리서 통금을 알리는 사이렌 소리가 들렸다. 선뜩한 느낌이 들어 뒤들 돌아보았다. 파도가 빠른 속도로 시커멓게 쳐들어왔다.

선장이 오른손을 높이 쳐들어 신호를 보냈다. 필례는 목선 난간에 바짝 기대앉아 조업용 랜턴을 움직이지 않고 고정해 놓았다. 몸을 낮춘 선장은 가프 끝으로 문어 머리를 툭, 쳤다. 움찔 놀란 문어는 빨판을 곧추세운 다리를 가지런히 늘어뜨리고 앞을 향해 나아갔다.

선장이 가프로 문어 머리를 깊숙이 찔렀다. 문어의 빨판이 한 개라도 석벽에 닿기 전에 재빨리 뜰채를 놀려야 했다. 다리를 한 방향으로 향해 있는 문어를 획, 말아 올렸다. 문어 다리가 서로 엉켜 들었지만 이미 뜰채에 갇혔다. 뜰채를 들어 묶은 뒤, 목선에 부려놓고도 선장은 배에 올라타지 않았다. 석벽 사이를 살피다 무언가를 손에 들고 목선에 올라탔다.

필례의 손을 잡아 손바닥에 해삼을 올려놓고 물이 뚝뚝 떨어지는 웨이더를 벗었다. 차갑고 미끈거리는 해삼이 손바닥에서 꿈틀거렸다. 크기와 모양에 얼굴을 붉히는 필례의 얼굴에 조명등을 비춰보고는 씨익 웃었다. 선장은 회칼로 해삼 끝에 있는 둥그런 구멍을 잘라내고 해삼을 꾹, 눌러 내장을 잡아 뽑았다. 속엣것을 쭉 짜내고 바닷물에 해삼을 헹궈 칼로 잘라 필례의 입에 넣어주었다. 첫맛은 차가웠고 쌉싸래한 것이 입안에서 미끄러졌다. 꼬들꼬들한 뒷맛이 입에 착, 감겼다.

"춥소?"

"견딜 만해요."

어둠이 옅어지고 푸르스름한 빛이 먼바다 끝에 깔렸다. 바다 깊은 곳 어디선가 해가 올라오고 있는 새벽이었다. 선장이 손을 뻗어 해무가 내려앉아 촉촉해진 필례의 뺨을 맨손으로 닦아 주었다.

"참 예쁘고 곱소."

선장은 두 무릎 위에 팔을 올려놓고 앉아 필례를 정면으로 바라보았다. 무안해진 필례는 허리를 꼿꼿하게 세우고 고개를 돌렸다. 선장이 손을 뻗어 돌려진 필례의 옆얼굴을 되돌렸다. 선장은 말없이 앉아 필례의 얼굴만 들여다보고 있어도 좋았다. 천천히 해무가 걷히자 아침 햇살 첫 조각이 구름을 뚫고 나와 예리한 각으로 비췄다. 선장의 어깨에, 필례의 뺨에, 잔잔한 파도 위로 골고루 스며들었다. 빛이 가득한 깨끗한 아침이었다.

열흘 후 출항하러 갈 것이라고 한 선장은 보름이 지나도 떠날 채비를 하지 않았다. 노파가 작정하고 물었다.

'어째 안 나가누?'

선장은 군선강과 안인 해안 합수부 건너 부지에 화력발전소가 들어온다는 말을 들었다고 했다. 안인진 역 바로 곁이었다. 노파도 이미 알고 있었다. 그 부지에 감자밭 서 마지기가 있었다. 선장이 원양 어선에서 벌어다 준 돈으로 사놓았다. 목선이라도 이편에 대 있으면 부탁해 강만 건너면 되는 코앞 거리였지만 육지로 돌아가면 한 시간은 걸렸다. 노파는 육지로 돌아다니기 귀찮아 철로용 빨간 다리를 건너 다녔다. 그럴 때마다 철도 직원이 용케 알고 호루라기를 불고 호되게 경고했다. 노파는 건성으로 알았다고 고개를 끄덕였다. 노파는 규칙적인 시간에 지나다니는 기차 시간은 달달 외웠다. 노파가 빨간 다리를 건너는 동안 석탄을 실은 화물열차를 만난 적은 단 한 번도 없었다. 감자는 씨알이 굵은 것을 뿌렸는데 밭에 염분기가 날아와서인지 알이 굵어지기를 바라는 것보단 갯바위 틈에서 전복을 찾아내는 것이 돈 만지기는 더 쉬웠다.

발전소 관리자가 찾아와 좋은 가격을 줄 테니 감자밭을 팔라고 했을 때 노파는 이미 구두로 그러겠노라 대답했다. 선장은 화력발전소가 완공될 때까지 일을 도와주고 기계부 연료 설비 파트에 정규직 직원으로 채용될 것 같다고 말했다.

"입 돌리지 말고 바로 말해라. 저 계집이 그래 좋나."

"빨판 쎈 문어처럼 쪽쪽 빨아들이고 휘감아요, 됐소?"

1971년 12월 31일은 금요일이었고 음력으로는 보름, 하루 전이라 넘어가는 해가 산에 걸리기가 무섭게 둥글게 차오른 달이 바다 한가운데 솟았다. 필례는 사할린에 살 때 음력을 헤아리던 버릇이 생각나 달을 쳐다보았다.

한 해가 끝나가는 겨울이 시작되면 사람들이 필례를 찾아왔다. 필례는 중지가 오목 패일 정도로 양력 달력에 음력과 절기를 표시했다.

입춘은 1월 절기이고 우수는 중기. 오동이 꽃 피고 산비둘기가 깃을 털고, 뻐꾸기가 뽕나무에 내려앉는 청명과 곡우. 청개구리가 울고 지렁이가 나오며, 씀바귀가 뻗어 오르며 냉이가 죽고 보리가 익는 입하와 소만. 뱀이 교미를 시작하며 고라니의 뿔이 떨어지고 샘물이 어는 대설과 동지. 기러기가 북으로 돌아가고 까치가 깃을 치기 시작하며 닭이 알을 품는다. 나는 새가 높고 빠르며 물과 못이 두껍고 단단하게 어는 소한과 대한.

필례가 표시해 주는 음력 달력은 받아 든 사람들은 필례에게 손수 누벼 지은 누빔 조끼와 솜을 넣은 지은 덧버선을 답례로 주었다. 그런 시절도 지나고 나니 웃으며 떠올릴 수 있다는 것은 지금 웃을 수 있는 여유가 있기 때문이라는 것을 알았다. 선장은 평생 이처럼 가슴이 불 속 돌덩이처럼 달아오른 적이 없었다고 했다. 필례 또한 평생 이렇게 자신이 귀하게 여겨주는 사람이 처음이었다.

필례는 선장과 인연이 신기했다. 필례는 노파가 금진항

보따리장수한테서 샀다며 건네준 화장품 꾸러미를 펼치고 순서도 모르면서 얼굴에 찍어 발랐다. 크리스마스에 이어 통행금지가 해지되는 날이었다. 아침 밥상 앞에 앉자마자 선장이 선언했다.

"어무이 성질 닮은 까칠한 감성돔 큰 놈으로 잡아드릴 테니 수니랑 저녁에 매운탕 끓여 잡숴요. 우린 시내에 나가 영화도 보고 춤도 추고 내일 올 거니깐."

선장은 낚싯대를 죄 꺼내 대를 꺾어보았다. 탄력이 강한 것을 고르고 원줄과 목줄도 굵은 것으로 골라 놨다. 빨간 게다리와 돼지비계를 미끼로 챙겨 목선을 타고 나갔다. 필례는 경대 앞에 앉아 여러 화장품을 찍어 발라 번들거리는 얼굴을 손바닥으로 눌렀다. 통행금지가 해지되는 날이면 시내 술집과 카바레가 미어터진다는 말은 들어봤지만 실제로 가본 적은 없었다. 필례는 노파가 골라주는 노파의 옷을 입고 솜으로 누벼놓은 노파의 누빔 겉옷을 입었다.

선장의 방문이 덜컹, 열렸고 수니의 비명이 들렸다. 노파가 달려갔다. 수니는 배를 움켜쥐고 옆으로 누워 꿈틀거렸다. 바닥에는 물이 흥건했다. 노파는 바닥에 흐른 물을 손바닥으로 쓸어 냄새를 맡았다. 필례는 양수가 터져 비릿한 냄새 나는 방으로 들어가 수니의 몸을 안았다.

3. 아무르 강으로

뼈가 부서진 것 같았다. 수니는 부서진 뼈만 남은 사람처럼 어둠 속에 몸을 아무렇게 부려놓았다. 이따금 조각난 뼛조각 위치를 바꾸듯 몸을 틀었다. 암흑 속에서 느낄 수 있는 것은 몸밖에 없었다. 목이 막혀 소리를 낼 수 없었다. 코와 귀는 바짝 예민해졌다. 선체가 바다의 살결을 가르는 소리와 쇠판을 치는 파도 소리가 귀를 후려쳤다. 갑판 위를 쿵쿵거리며 지나다니는 갑판수의 발짝 소리는 머리통을 짓눌렀다. 너무 강력한 슬픔은 오히려 아무런 생각을 할 수 없게 만들었다. 두렵고 무서웠지만 두려움의 정체가 무엇인지 몰랐다. 이제 더 두려울 것도 없었다.

공포가 지나갔다. 공포는 예감하고 그것을 향해 다가가는 순간, 가장 밀착된 공포의 감정을 불러일으켰다. 예감에 직접 마주쳤을 때, 공포의 가운데를 뚫고 통과할 때는 오히려 아무것도 감각 할 수 없었다. 공포가 지나간 후에 남는 슬픔. 강력한 슬픔만 남았다.

뱃속에 유리의 아기가 자라고 있어요. 어떻게든 살아있어야 한다고. 유리에게 꼭 전해주세요. 타스 통신사를 통해 전해지는 수니의 목소리는 절박했다. 수신 마이크를 움켜잡은 손이 떨렸다. 소비에트 연방원 간부는 걱정 말아요(Не волну⊠тесь)라고 대답했다. 재판만 끝나면 유리는 자유의 몸이 되어 국외 망명이 가능하다고 했다.

라스팔마스로 돌아올게, 한 계절만 기다리면 될 거야. 그 말을 믿지 않았다. 유리도 알고 있었고 수니도 알고 있었다. 불안으로 떨고 있던 유리의 손을 놓지 말아야 했다. 함께 붙어 있어야 했다.

유리는 재판을 받기 위해 연방 조사국에서 보낸 블라디보스토크로 가는 배를 탔다. 블라디보스토크항에서 야간열차를 타고 하바롭스크에서 그 근처 어딘가 위치한 아카뎀고로도크로 이송될 것이었다. 그곳은 민간인 출입금지 구역이었고 지도에도 표시되지 않은 폐쇄된 도시였다. 아기가 자라나고 있어요, 생명이, 생명이 커가고 있어요. 수니는 같은 말만 반복해서 말했다.

무엇을 보았는지 기억할 수 없다. 어둠 속에서 엄마의 목소리가 들렸다. 서둘러요, 빨리. 수니는 자신 앞에서 벌어지는 것을 볼 수밖에 없었지만 보지 않았다. 어둠에 발을 들인 어떤, 짐승들이 욕망을 채우기 위해 엄마의 어둠 밑에서 서둘렀다. 그들은 낮고 거친 숨을 뱉어내며 더 어둡고 깊고 좁은 곳을 향해 파고들었다.

수니는 아무것도 보지 않았다. 그러나 알 수 있었다. 암흑 속에서 일어났다. 숱한 공포와 두려운 욕망이 뒤엉켰다. 그것은 유리로 인해 생긴 강력한 슬픔을 지울 수 없었다. 그들이 필례를 찾아올 때마다 수니는 최대한 몸을 웅크리고 소금 포대 옆에 놓인 포대 자루가 되어 최소한의 숨만 들이마시고 천천히 내뱉었다.

숨을 죽이며 움직이지 않아도 누군가 발목을 잡아당기는 것 같았다. 폭력은 없었지만, 숨 막히는 긴장으로 팽팽했다. 그리고 냄새. 들큼한 숨과 함께 비릿한 냄새가 어둠 속으로 확, 번졌다. 비위가 상했고 눅눅하고 퀴퀴했다. 젖은 생선 내장 냄새가 진동했다. 어둠 속에서 잠이 다가오면 수니는 눈을 감았다. 눈을 감으면 눈앞이 환해졌다. 거대한 구름이 흩어졌다가 다시 뭉쳐지는 광경을 상상했다. 그 순간, 구름은 목격하는 자의 구름이다. 환각을 떠올리는 자의 구름이다. 아무르강을 건너리라. 이마에 붉은 칠을 하고 강을 건너다 가라앉아 당신의 혼에 닿으리라. 유리, 유리 보리소비치 스미르노프. 나를 데리고 가줘요, 당신 곁으로. 이 암흑만 가득한 공포에서 빛이 가득한 곳으로 나를 데리고 가줘요.

그는 무표정하게 있으면 까닭 없이 슬퍼 보였다. 수니는 가문비나무처럼 딱딱한 그의 무릎에 걸터앉았다. 양손을 뻗어 그의 좁고 가파른 뺨을 쓰다듬었다. 뾰족한 바위처럼 솟아오른 콧날을 피해 얼굴을 돌리고 윤곽이 뚜렷한 그의 입술을 혀로 핥았다.

'인도양에서 잠수함이 방향을 잃어 인도에 닿은 적이 있었는데 여자들이 너처럼 작고 깡말랐어.'

'윤이 흐르는 검은 머리칼을 가졌지.'

그는 커다란 손바닥으로 수니의 얼굴을 가리고 장지로 수니의 이마 가운데를 꾹 눌렀다.

'이마 중간, 눈썹과 눈썹 사이에 붉은 물감으로 칠을 했어.'

'행운을 상징한대.'

그는 낫과 망치가 그려진 붉은 군대의 배지가 달린 군복 상의 주머니에서 붉은 볼펜을 꺼내 수니의 이마에 붉은 점을 그렸다.

'너를 처음 봤을 때 윤이 흐르는 검은 머리칼을 얼마나 만져보고 싶었는지.'

그는 수니의 겨드랑이를 번쩍 들어 수니의 몸을 돌려 앉혔다. 그의 커다란 손이 수니의 머리칼을 만지면 스르륵 잠이 왔다.

수니가 라스팔마스에 도착했을 때 유리는 분열 상태였다. 살아날 수 있었던 운에 감사하지 않았다. 화마에 휩싸인 잠수함에서 40여 시간 동안 사투를 벌였지만, 화재를 진압하지 못했다. 동료들을 가라앉는 잠수함 속에 버려두고 나온 상황을 자책했다. 유리는 소비에트 연방 수사관의 조사와 재판 후 뒤따르는 수순이 무엇인지 알았다. 그 확실한 예감이 유리와 수니를 공포로 몰아넣었다. 라스팔마스에 체류하면서 조사를 받던 유리는 결과가 분명한 형식적인 재판을 받기 위해 블라디보스토크항으로 가는 배에 올라탔다. 핵잠수함 침몰 사건을 은폐하기 위해 그가 폐쇄된 도시로 가서 당할 일은 한 가지뿐이었다. 수니의 뱃속에는 유리의 아이가 있었지만, 가족 증명서가 없어 따라갈 수 없었다.

유리는 정치장교의 감시하에 폐쇄된 도시, 아카뎀고로도 크로 가기로 했다. 유리는 아무르강 변에서 담배 한 개비를 피우게 해달라고 요청했다. 난간에 서서 담배를 피우다가 순식간에 강으로 들어갔다고 했다. 정치장교와 감시원이 곁에 있었지만, 유리의 입수를 막지 못했다고 했다.

수니는 유리의 죽음을 라스팔마스 항만회사에서 모스 송신기에서 찍히는 모스 부호를 통해 받았다. 통신사가 모스 부호를 간략하게 설명해줬다. 소비에트 연방원 간부에게 전화했지만, 그는 앵무새처럼 걱정하지 말고 돌아오라는 말만 반복했다. 필레는 수니와 자신은 하바롭스크로 돌아갈 수 없다고 판단했다. 돌아가면 주어진 삶은 없을 것이라 했다. 유리가 폐쇄된 도시로 출근한 날부터 수니는 정치장교의 수첩에 적혀 관리 대상이었다. 수니는 할 수만 있다면 바다 깊은 속으로 뛰어들고 싶었다. 거대한 바다의 부분이 되어 흐르다 보면 언젠가는 유리에게 닿을 것이었다. 그것으로 고통의 시간을 끝장내고 싶었다.

바다와 바다 사이를 타 넘던 어떤 지점, 어느 순간부터 기온이 낮아졌다. 필레는 손전등을 들고 찾아오는 사람에게 담요를 요구했고 따뜻한 물을 요구했다. 요강, 전등, 석유풍로, 라디오를 요구했다. 손전등을 들고 오는 사람은 늘 전등으로 웅크리고 앉은 수니의 머리통을 비춰보았다. 수니는 팔다리로 웅크린 몸을 더욱 감싸고 그 속에 머리를 파묻었다. 그에게 존재가 발각되어 바닷속에 처박힌대도 두렵지 않았다. 그는 필레의 어떤 요구는 들어줬지만, 대부분은 들어주지 않았다.

규칙적으로, 어떤 시간에는 원양 어선 철판 접합 부분의 틈 사이로 꿈처럼, 은빛 조각이 들어왔다. 빛 조각에 의지해 좁은 창고의 모서리를 확인했다. 축축한 포대에 손을 넣어 생쌀을 꺼내 만졌다. 손안에서 만져지는 쌀을 씹어 먹었다. 밑바닥에 짠 물이 흐르는 소금 포대에서 서걱거리는 소금 한 주먹 꺼내 알갱이를 하나씩 혀끝에 놓고 녹여 먹었다. 소금 한 주먹을 먹어 속이 타들어 가도 시간은 더디게 흘렀다.

이따금 누군가 젖은 생선을 가져다주었다. 바다에서 유영하는 물고기를 잡는 순간 생선이라 부르는가. 그것을 먹기 위해 팔딱거리는 숨을 끊었을 때부터 생선이라 부르나. 사람이 사람 속에서 함께 부대끼며 살아가는 것을 삶이라 하는가. 사람들과 분리되어 암흑 속에서 움직임 없이 약간의 숨만 쉬는 것도 삶이라 부르나. 부동의 몸을 가진 것을 혼이라 부르나. 나는 사람인가, 혼인가.

몸으로 조금씩 흘러드는 음식은 분해되기도 전에 고스란히 뱃속의 태아에게로 스며 들어갔다. 생선의 젖은 내장처럼 몸의 내장이 축축해졌고 가느다래졌다. 수니는 어둠 속에서 몸만을 느끼고 생각했다. 목의 구멍을 통해 들어간 약간의 음식이 내장을 지나 태아에게 전달되었다. 목의 구멍을 통해 들어간 숨이 허파를 통과해 태아에게 공급되었다. 수니는 몸의 움직임에 따라 혼도 따라 움직이는 것은 아니라는 것을 저절로 알게 되었다. 육체에서 혼이 분리되었다. 분리된 혼은 바람을 꿰뚫었다. 지나쳐온 곳으로 거슬러 갔다. 라스팔마스에서 블라디보스토크항으로, 야간열차를 타고 하바롭스크, 아무르강에 닿았다. 나나이족 행렬의 뒤를 따라 강을 향해 드리워진 아름드리나무 앞에 섰다. 하늘에 닿은 가지는 신에게 닿았다. 나무 기둥은 땅에 발을 딛고 선 인간의 모습, 절망에 무릎이 꺾인 수니의 모습이었다.

뿌리가 지하세계 정령에 닿는다는 우주 목에 손을 뻗었다. 수니는 유리 보리소비치에게 보내는 진혼곡을 적어 나뭇가지에 매달았다. 갇힌 어둠 속에서 수니의 혼은 자유롭게 떠다녔다.

배를 중심으로 동쪽에서 해가 떠오르는 것을 알 수 있었다. 해가 떠오르면 어둠이 전체적으로 엷어졌다. 엷어진 어둠일 때 그들은 엄마를 찾아오지 않았다. 수니는 배의 나무 바닥에 등을 대고 반듯하게 누웠다. 아랫배를 부풀리고 최대한 숨을 크게 들이마셨다. 숨을 들이마실 때마다 뱃속에서 수니의 숨을 받아 마시는 생명이 느껴졌다. 뱃속에 남아 있는 고인 숨을 천천히 내뱉었다. 숨을 잘 쉬고 내뱉는 것만 생각했다.

수니는 어둠 속에서 숨을 쉬며 허공에 손을 뻗어 원과 사각형을 그렸다. 어둠 속의 사각형 안에 원, 더 짙은 어둠 속의 원 안에 다시 삼각형을 그렸다. 그리고 천천히 숨을 들이마시고 내뱉었다. 패턴을 반복했다.

심플하면서도 반복적인 패턴에 혼이 깨끗해지는 것 같았다. 숨 쉬는 것과 어둠 속에 그림을 그리는 것에 집중하니 조금씩 고통에서 벗어났다. 숨을 다스려 몸의 고통을 잊고 순정한 혼을 끄집어냈다. 공포의 감각과 육체의 고통이 사라지고 평온한 정신만 남았다.

수니는 갇혔던 어둠 속에서 풀려났다. 수니와 함께 수니 속의 유리의 아기도 어둠에서 벗어났다. 눈 내리는 항구를 걸어 다녔다. 유즈노사할린스크의 혹독한 추위에 길들어져 있는 수니의 정신은 포근하게 내리는 눈이 어깨에 쌓여도 추운 줄 몰랐다. 몸은 따뜻한 것을 찾아 으슬으슬 떨렸다.

수니는 의식적으로 숨을 내쉬었고 몸의 긴장을 풀어놨다. 음식이 몸에 들어가자 소화 시키지 못하는 내장이 곧바로 반응했다. 육질이 느껴지는 고기가 목구멍을 타고 올라왔다. 따뜻한 물이 고여 있는 욕탕에 들어가자 뱃속의 태아는 잡아당기던 탯줄을 느슨하게 풀었다. 차가운 타일에 등을 기대고 앉았다. 유리 보리소비치 스미르노프의 혼과 더 멀리 떨어져 있다는 것을 알 수 있었다.

수니는 바다가 시작되는 집으로 갔다. 가파른 언덕을 내려가면 곧바로 바다가 시작되었다. 종일 파도 소리가 들렸다. 파도 소리는 밤이면 귀 바로 곁으로 다가와 수니를 바다로 이끌었다.

파도가 육체와 혼을 부드럽게 만져주었다. 새벽이면 마당 끝에 서서 바다를 바라보았다. 어둠이 묽어지고 바다로 스며들던 청 빛이 빛을 받아 도로 새 빛을 토해낼 때면 뱃속이 꿈틀거렸다. 배가 고파졌고 따뜻한 음식을 먹고 싶었다.

바다가 시작되는 집에서 사는 노파는 끼니때마다 생선 요리를 해주었다. 장대에서 꼬들꼬들 말려지고 있는 생선을 뺐다. 아궁이에서 살아있는 숯을 꺼내 그 위에 석쇠를 두고 생선을 구웠다. 노파가 팔딱거리는 물고기가 담긴 함석 들통에 들고 부엌으로 들어가면 수니는 부엌 문턱에 걸터앉았다.

노파는 물고기의 끓어오르는 숨을 끊은 후 왼손으로 생선의 붉은 몸통을 잡고 오른손으로 칼을 눕혀 역방향으로 밀어내 비늘을 긁어냈다. 비늘이 튀어 수니의 발목에 들러붙었다. 빳빳한 비늘을 떼어낼 때면 저절로 소름이 돋았다. 투명한 비늘을 햇빛에 비추면 은빛으로 반짝거렸다. 노파는 생선의 배를 꾹 누르고 칼로 아가미 밑을 갈랐다. 칼을 아가미 속으로 집어넣었다가 뺐다. 검고 축축한 내장이 줄줄 딸려 나왔다. 비늘을 제거하고 내장을 빼버린 생선을 물에 헹궈냈다. 헹궈낸 붉은 빛의 열기는 갓 태어난 태아 같았다. 노파는 납작한 냄비에 썰어놓은 감자를 깔고 생선을 올리고 간장 양념을 뿌렸다. 생선조림 냄새만 맡아도 배가 팽팽하게 당겨졌다. 생선 요리를 먹으면 뱃속의 태아가 꼬물꼬물 움직였다. 생선에 있는 양분을 쪽쪽 빨아들였다. 밥을 먹고 나면 양순해진 태아의 고른 심장박동을 느낄 수 있었다.

검고 뾰족한 바위가 가파르게 깎여나간 곳에서는 물살도

거셌다. 수니는 바위에 걸터앉았다. 가파른 바위 사이를 헤집고 들어오는 거품 많은 파도가 발목에 닿아 하얗게 부서졌다. 발목에 파도가 닿을 때마다 눈물이 쏟아졌다. 파도가 수니의 몸을 후려쳐 물이 흘러나왔다. 의지와는 상관없이 몸에 난 구멍에서 물이 흘러나왔다. 가슴이 쿵쿵 뛰었다. 태아가 밑으로 흘러내렸다. 밑이 빠질 것 같았다. 바위에서 몸을 일으키고 바다가 시작되는 집을 향해 발걸음을 재게 놀렸다. 가파른 언덕을 올라갔을 때 노파의 방에서 엄마의 웃음소리가 들렸다. 엄마는 웃음이 헤퍼졌다. 목선을 타고 나가 물고기를 잡아 오는 남자와 함께 오늘 시내에 나갈 것이라 했다.

태어날 아기를 위해 아기용품을 사 오겠다고 했다. 엄마는 유리를 닮은 사내아기일 것이라 여겼다. 목이 막혔지만 수니는 말없이 웃어줬다. 마당을 지나 방 안으로 들어갔을 때 아랫도리에서 물이 주르륵 흘렀다. 혼과 의지와는 상관없이 몸이 관장하는 현상이었다.

수니는 개켜놓은 이불에 기대앉아 숨을 골랐다. 숨을 다스려 쉬려고 해도 몸에서 통증이 생겨났다. 누군가 길고 날카로운 칼을 집어넣어 아기집을 찢어놓은 듯 물이 줄줄 새어 나왔다. 똥이 마려웠고 온몸의 내장들이 한꺼번에 아래로 밀려 쏟아지는 것 같았다. 수니도 모르게 비명을 질렀다. 노파가 들어와 바닥에 쏟아진 물을 손바닥으로 쓸어 냄새를 맡았다.

"양수가 터졌네. 조금이래도 양수가 남아있을 때 같이 미끄러져 나와야 할 텐데."

노파는 엄마에게 불을 지피고 끓인 물을 가져오라고 지시했다. 엄마는 입고 있던 외투를 벗어두고 부엌으로 달려갔다. 노파가 미리 끊어놓았던 기저귀 천을 반으로 갈랐다. 천을 새끼 꼬듯 꼬아 자신의 허리에 감고 수니의 양손에 들려줬다. 노파가 수니의 아랫도리를 풀어헤치고 들여다보았다.

노파의 손이 벌어진 자궁 문을 헤집고 안으로 들어왔다. 수니는 천천히 크게 숨을 들이쉬고 내뱉었다. 물이 빠져 퍽퍽해진 길을 따라 태아의 머리통이 밀려 나가는 것 같았다. 겹쳐서 들은 여러 개의 칼로 심장과 염통을 후벼 파는 통증이 느껴졌다.

"머리부터, 그래. 두 손을 모으고 빠져나와라."

노파가 수니의 양 가랑이를 잡고 아랫도리를 들여다보며 말했다.

아이의 몸 전체에 뾰족한 창과 칼이 돋아난 듯 나선형으로 휘감길 때마다 내장이 찢겨 나갔다. 수니는 비명을 지르지 않았다. 손에 움켜쥔 기저귀를 더욱더 세게 잡아당기며 입을 크게 벌려 큰 숨을 쉬었다. 수니가 기저귀를 잡아당기면 노파는 발로 수니의 양 허벅지를 밀며 허리에 두른 기저귀를 잡아당겼다.

"나온다, 나와."

노파가 태아의 머리통을 잡고 살살 돌렸다. 머리통에 이어 어깨와 몸통이 좁은 통로를 찢으며 나가는 것이 느껴졌다. 태아의 몸통이 빠져나왔지만, 다리로 발버둥을 쳤다. 발로 골반을 짓누르고 밟았다.

노파가 아이의 몸을 쑥욱, 잡아 뺐다. 구불거리는 탯줄이 후룩 딸려 나왔다. 뭔, 아가 이렇나. 노파는 잡아 뺀 아이를 안아 들고 기겁했다.

4. 슬픔을 낚을 때

입질이 왔다. 찌의 미세한 탄력을 봐선 약은 놈이었다. 찌 밑 수심 10m 정도인 비교적 조류가 센 갯바위 근방의 물 곬이었는데 놈은 시원스럽게 입질하지 않았다. 신경 쓰이게 하는 놈이다. 그는 챔질하지 않고 줄을 당기는 놈의 의중을 간파하기 위해 잠시 멈췄다. 여차하면 미끼를 뱉어내거나 초반 저항을 심하게 할 예민한 놈이었다.

전날 종일 거센 바람이 불었고 물색이 탁해질 정도로 바다가 뒤집혔다. 아침이 되자 바람과 파도가 죽었다. 지금은 직선으로 떨어지는 태양 빛이 머리를 달궜다. 타이밍이 좋았다. 밤사이 뒤집힌 바다를 아무도 손대지 않아 포인트를 옮겨 다닐 필요도 없이 한 자리에서 만족할만한 볼락의 마릿수 조과를 거뒀다. 씨알 굵은 감성돔 세 마리도 올라와 충분히 손맛을 봤다.

철수할까 맘먹고 있던 터였다. 느긋하게 면도를 하고 흰 와이셔츠에 넥타이를 매고 양복을 골라 입고 필례와 함께 버스를 타고 시내에 갈 계획이다. 시내에 도착하자마자 필례에게 자주색 빌로드 원피스를 사 입힐 것이다. 작은 몸피를 따뜻하게 감싸줄 코트도 하나 장만해줄 생각이었다. 금은방에 가 장지에서 헐렁거리는 금가락지는 빼버리고 작은 다이아몬드라도 박힌 반지를 살 작정이었다. 고 하얗고 가느다란 손가락에 끼워줄 생각을 하니 가슴에 산뜻한 바람이 들어차 부풀어 올랐다. 저절로 입이 일그러져 웃음을 숨길 수 없었다.

그는 자리에서 일어나 낚싯대를 최대한 세웠다. 목줄에 가해지는 힘을 최대한 줄이고 탄력을 줬다. 입질 강도가 거세졌다. 놈이 미끼를 덥석 물었다. 묵직했다. 그는 살짝 챔질을 해봤다. 저항하는 힘이 대물 감이다. 높이 올려세운 낚싯대의 탄력이 극에 달했다. 그는 브레이크 레버를 놓아주고 드랙을 조절해 뒷줄을 풀어줬다. 뒷줄을 풀어주다 팔을 최대한 높이 올려 낚싯대를 세웠다. 눈치 빠른 놈은 여와 수중 골을 찾아 몸을 뒤챘다. 초반 저항의 강한 힘이 다소 꺾였다. 그렇지만 지금부터 초심을 다잡을 때였다. 급하게 챔질했다간 아가미가 떨어져 나가도 목줄을 끊고 달아날 위력을 가진 놈이었다. 그는 팔을 높이 쳐들고 최대한 몸을 낮췄다. 천천히 무릎을 굽혔다. 뱃장 가운데에 앉아 발을 목선 내벽에 대 고정해 안정적인 자세를 잡았다. 놈의 오른쪽에 갯바위가 있지만, 힘이 빠진 놈은 그곳까지 차고 나갈 여력은 남지 않았다. 그는 낚싯대를 갯바위 반대 방향으로 눕혀줬다. 한 손으로 버틸 수 있을 만큼 놈의 저항이 줄어들었다.

오른손을 높이 쳐들고 왼손으로 점퍼 주머니에서 담배를 꺼내 불을 붙였다. 세 모금을 빨았다. 순간, 놈이 머리를 돌렸다. 그는 입에 물었던 담배를 뱉어내고 몸을 일으켰다. 높이 올렸던 낚싯대를 약간 낮춘 채로 뒷줄을 감았다. 눈치챈 놈이 차고 나갔다. 낚싯대를 다시 세워 뒷줄을 확보했다. 다섯 번의 밀고 당기는 힘겨루기를 한 후에 놈을 수면 위로 띄웠다. 과연 눈짐작으로 계측해봐도 5자는 넘는 놈이었다. 약이 바짝 올라 사방 물을 튕기며 팔딱거리는 감성돔을 대면하고 보니 가운데 물건이 찌릇, 거리며 불뚝 섰다.

까칠한 성질을 가진 놈은 뜰채질로 발밑에 두기까지 느긋해야 했다. 놈이 공기를 충분히 마시게 한 후 마지막 줄을 감았다. 예상대로 마지막 저항도 앙칼졌다. 뜰채 지원할 사람도 없기에 공기에 오래 노출해 기진맥진 만든 후 뜰채를 내밀었다. 뜰채가 몸에 닿자 성질을 내며 몸을 뒤틀었다. 그물에 갇혀 함석 들통에 담긴 놈은 분이 안 풀리는지 먼저 담겨있던 고기들을 밀치며 닦달질을 해댔다.

갯바위 쪽에 바투 목선을 대고 물에 내려섰다. 갯바위 틈새 해초들을 들춰보았다. 얼굴을 붉히며 해삼을 받아 꾸물꾸물 씹어 넘기던 필레의 도톰한 입술이 떠올랐다. 그 어떤 험한 지옥에서 죽지 않고 견뎌줘서 대견스러웠다. 처음 검은 식칼로 제 가슴을 긋고 귀신으로 여겨달라며 시퍼렇게 눈에 불을 켜고 덤벼들던 모습에는 정이 뚝, 떨어졌다. 계집을 배에 태웠다는 소문은 그의 이력과 앞날에 재를 뿌릴 수도 있었다. 그런데 이상하게 곁에 붙잡아두고 싶었다.

그는 선원들이 밤마다 번갈아 가며 계집이 있는 창고에 숨어드는 것을 알고 선원들을 후려쳤다. 호되게 겁을 주고 윽박질렀다. 그 몰래 창고로 찾아갔을 뱃놈들을 떠올리자 화가 치밀어 올랐다. 그는 선원들이 계집을 찾아가는 것을 알고부터는 계집의 몸에 손대지 않았다. 전등으로 겁에 질려 바들바들 떨고 있는 얼굴을 비춰보는 것만으로도 마음이 쓰라렸다. 계집이 요구하는 담요와 따뜻한 물, 라디오를 가져다주고 어둠 속에 나란히 앉아 여자가 내뱉는 숨소리를 듣다 나왔다.

　생전 어디서든 지옥 곁이라고 했다. 어떤 삶을 살았기에 무표정한 표정으로 그런 말을 하는지 마음이 쓰였다. 천국은 아니더라도 지옥 곁에서 벗어나게 해주고 싶었다. 곁을 지켜주고 싶었다. 무엇보다 계집을 범했던 뱃놈들을 모아 트롤 어업을 위해 다시 원양 어선을 타고 싶지 않았다. 해초를 아무리 뒤적거려보아도 해삼이 보이질 않았다. 바다 밑에서 막 솟아오른 해처럼 붉은 멍게만 세 개 땄다.

　언덕에 쪼그려 앉아 있던 노파가 목선을 발견하고 가파른 길을 한달음에 주룩 내려왔다. 노파는 두서없이 떠들어댔다. 뭔가를 받았다. 애를 태우다 나왔는데 인간 같지 않다. 요상한 아기를 낳았다고 했다.
　집에 불길한 여자들을 데리고 왔다며 그의 어깨를 휘어잡고 마구 때렸다. 혼혈아를 낳았군. 그는 아이를 낳았으니 오히려 마음 편하게 시내에 나가도 좋겠다는 생각에 싱글벙글 웃었다. 함석 들통을 갉작대고 있는 감성돔을 꺼내 노파의 품에 넘겨주었다. 아직도 성질이 죽지 않은 놈은 노파의 가슴을 쳐대며 팔딱거렸다.

"매운탕 대신 요놈으로 미역국 끓이면 되겠구먼요."

그는 마당에 들어서며 일부러 큰 소리로 마른미역이 있는 지 노파에게 물어봤다. 예상대로 방문이 열렸다. 그는 문 앞으로 달려가 열린 문 안을 기웃거리며 성별을 물었다. 필례가 찬바람을 무서워하며 얼른 문을 닫고 여자애라 대답했다. 그는 갓 태어난 생명이 있는 그 방 안이 왠지 신성한 곳 같았고 그 속에서 방금 나온 필례 마저 신성하게 보였다. 평소와 달리 화장했는지 얼굴이 반질반질했고 루즈를 칠한 붉은 입술에선 비릿한 피 맛이 날 것 같았다. 그는 시내에 나갈 채비를 하고 나오겠다며 창고로 들어갔다.

필례는 마루에 앉았다. 노파가 새끼줄에 한지를 끼워 매달아 놓은 금줄이 먼바다를 수평으로 갈라놓았다. 노파는 사내아이가 태어날지도 모른다며 붉은 고추도 미리 준비해 놨었다. 필례도 내심 사내아이를 바랐다. 혼혈을 장애인 취급하는 이 사회에서 그나마 사내애가 살아가기 수월할 거였다. 계집아이는 난산으로 태어났지만 금세 태열이 말끔히 가셨다. 가느다란 몸은 구름을 뭉쳐놓은 듯했고, 팔다리는 껍질 벗겨놓은 도라지처럼 하얬다. 작고 뾰족한 얼굴에 눈두덩이 쑤욱 들어갔고 조각도로 긁어낸 듯 코끝이 날카로웠다. 고불거리며 말려든 머리칼은 황금처럼 노랬다. 몸에 난 배내털마저 노랑기가 돌았다. 자라면 자랄수록 눈에 띌 거였다. 사람들 특히, 사내들 손 타기 십상이었다. 뱃속에서부터 알아챘는지 늘 말없이 꾸물거리는 어미와 달리 눈치가 약삭빨랐다.

"아이고 무서워라. 이웃들이 뭐라 떠들어댈지." 노파가 요상한 아이라 구시렁거리자 울음을 뚝 그쳤다. 어미젖 가까이 대주자 젖을 물곤 눈을 떠 큰 눈동자를 이리저리 굴렸다. 파랗고 큰 눈동자는 경계선이 또렷하지 않았고 눈 속까지 들여다보일 정도로 투명했고 말갛게 빛이 났다.

"아이고, 어쩌다 우리 집에서 노랑머리에 파란 눈깔을 가진 아가 태어났나."

노파의 반응을 봐선 겨울까지 이곳에서 버틸 수 있을지 걱정이었다. 가파른 언덕에서 노파의 얼굴이 불쑥 올라왔다. 노파는 가슴에 팔딱거리는 커다란 물고기를 안고 있었다. 필례를 보고는 이내 고개를 돌리고 부엌으로 들어갔다.

필례는 선장이 마당에 놓아둔 함석 들통을 들고 부엌으로 뒤따라 들어갔다. 노파는 묵직한 물고기를 바닥에 놓았다.

아가미에 피를 흘리며 맨바닥에서 파닥거리는 물고기가 안쓰러웠다. 평소 노파는 물고기가 파닥거릴 때 곧바로 숨을 끊어주고 손질을 하거나 회로 쳤다. 필례는 파닥파닥 소리를 내는 물고기를 물끄러미 바라보았다.

"세이레 동안은 살아 있는 것에 칼 대는 거 아니우."

선장이 양복을 차려입고 부엌으로 들어와 노파의 눈치를 살폈다. 마른미역을 빡빡 빨아대던 노파가 함석 들통에 담긴 볼락과 감성돔을 건져 광목 자루에 담아줬다. 선장이 말려 먹자고 해도 시내 수산시장에 팔라며 자루 입구를 묶어줬다. 험한 곳에 가지 말고 조신히 다녀오라고 덧붙였다.

선장이 꿈틀거리는 자루를 받아 들었다. 필례는 수니의 방문을 열었다 도로 닫았다. 훈김이 나는 아랫목에 젖을 문 아기와 산모는 깊은 잠에 빠져있었다. 종점에서 탈탈탈 엔진 소리를 내며 서 있는 버스에 올라타 선장은 제일 뒷자리로 갔다. 필례와 나란히 앉으려면 제일 뒷자리밖에 없었다. 꿈틀거리는 광목 자루를 뒷좌석 발밑에 내려놓고 필례에게 창가에 앉도록 하고 자신이 곁에 앉았다. 버스에 올라타는 사람도 없는데 버스는 출발하지 않고 시간을 기다렸다. 필례는 침을 삼켰다. 거칠게 정제한 석유 내로 속이 메스꺼웠다.

선장은 자주색 빌로드 원피스를 입고 검은 모직 코트를 걸친 필례의 손을 잡고 시장통을 나와 금방 골목으로 걸어 갔다. 티파니 신, 이라는 금은방 가게에 들어갔을 때 틀어놓은 라디오에서 이미자의 <여자의 일생>이 흘러나왔다. 그는 몸을 숙이고 진열장에 팔꿈치를 걸치고 안을 들여다보다 필례에게 골라보라고 말했다.

필례가 라디오를 쳐다보고 있자 그는 주인 사내에게 정신 사나우니 라디오 좀 끄라고 말했다. 갑자기 고요해지자 선장은 손으로 코를 만지며 큼큼거리다 사내에게 말했다.

"부끄럽지만 오늘 중요한 날이오. 반지 좀 골라주쇼."

선장은 말해놓고 스스로 얼굴을 붉혔다. 곁에 선 필례도 수줍어했다. 괜히 손에 들고 있던 노파의 옷을 담은 종이봉투 입구를 새로 여몄다.

가게에 들어오자마자 필례는 진열장에 진열된 반짝거리는 여러 종류의 반지에 혼이 나갔다. 러시아 여자들은 가난해도 장신구를 주렁주렁 매달았다. 험한 부엌일을 해도 반지를 빼지 않았다. 필례는 노파를 통해 금가락지의 주인이 누구인지 알았지만, 가락지를 그대로 끼고 있었다. 가끔 손을 들어 헐렁거리는 금가락지를 햇빛 속에서 자세히 들여다보았다. 손가락 사이에 끼워진 반지는 쳐다볼수록 예뻤다.

주인 사내는 요즘 스타루비 백금 반지가 인기라며 필례의 손을 잡았다. 반지를 끼워주려는데 선장이 얼른 반지를 뺏어 자신이 끼워주었다. 백금 엔틱 문양 바디에 스타루비는 가운데에서 육방의 별 모양으로 희게 빛났다. 주인 사내는 스타루비를 몸에 지니면 고뇌가 사라진다는 이야기가 전해진다고 했다. 필례는 뺨까지 붉히며 넋을 빼고 반지를 들여다보았다. 선장은 다른 반지도 끼워보라고 했다.

필례는 오팔, 사파이어, 진주, 다이아 등 시간 가는 줄 모르고 주인 사내가 주는 대로 이것저것 끼워보았다. 선장은 시간이 흐르는 것이 아까웠다. 선장은 다음에 또 사주겠다는 약속 하고 스타루비 백금 반지값을 내고 나왔다. 필례는 반지 낀 손가락을 구부리지 않고 가지런히 펼쳐 눈앞에 두고 걸었다. 선장이 그 손을 잡고 자신의 코트 주머니에 손을 넣었다. 필례가 선장을 빤히 올려다보았다. 뭔가 말했는데 입술만 움직여 소리를 들을 수 없었다. 선장은 고개를 숙였다.

"뭐라고 말했소?"

선장이 걸음을 멈추고 몸을 숙여 귀를 필례의 입술 가까이 가져갔다.

"반지가 예쁘다고 말했어요."

"나는 사랑한다고 말한 줄 알았소."

선장의 말에 둘 다 어색해져 서로 앞만 바라보고 걸었다.

좁은 시내 한복판에는 대학생으로 보이는 젊은 연인들이
서로의 겨드랑이에 매달려 걸어갔다.

  레스토랑에는 젊은이들로 복작거렸다. 선장이 자리를 찾
자 종업원이 자리가 없다고 했다. 시내의 모든 레스토랑에
는 빈자리가 없었다. 할 수 없이 시내 한복판에 있는 호텔
레스토랑으로 들어가려 하자 필례가 선장의 팔을 잡았다.
작은 목소리로 돈이 아깝다고 그냥 한식당에 들어가자고
했다.

  선장은 눈을 빛내며 반지를 고를 때와 다르게 행동하는
필례가 의아했다. 염치를 내던져버릴 정도로 반지가 탐이
났단 말인가. 할 수 없이 그나마 한적한 식당으로 들어가 만
둣국을 먹었다. 필례는 제 그릇에 있는 만두를 건져 선장의
그릇에 놓아줬다. 앞 접시에 놓은 만두를 작게 조각내 입에
넣고는 손을 위로 쳐들고 반지를 바라보았다. 다른 욕심은
없지만, 반지 욕심이 있다고 말했다.

  러시아 여자들은 손가락에 두세 개의 반지를 끼고 남자
에게 받았다고 자랑했다. 싸구려 반지라도 사보려고 했지만

필례는 도저히 스스로 제 반지를 사러 갈 엄두가 나질 않았다. 선장은 필례의 손을 잡고 손을 쓰다듬었다. 시내에 나올 때마다 반지를 사주겠다고 약속했다. 그리고 또 필요한 것이 있으면 말하라고 했다. 필례는 반지를 만지작거리다 고개를 정면으로 들고 선장을 바라보았다.

"태어난 아이를 호적에 올려주세요."

갓 태어난 아이를 자신의 호적에 올려달라는 말에 선장은 헛기침을 해댔다. 마치 필례에게 청혼을 받은 것처럼 여겨졌다. 그는 가슴이 쿵쿵거려 앉아 있을 수 없어 자리를 박차고 일어났다. 둘만 있는 곳에서 마음 놓고 원 없이 필례를 안고 싶었다. 선장은 방금 들어가려던 레스토랑이 있는 호텔로 발길을 재게 놀렸다.

호텔 입구에서 필례가 걸음을 멈추고, 안인진 청파집에 가기 전에 머물렀던 여인숙에서 있었던 일을 선장에게 설명하곤 잔금을 받아야 한다고 말했다. 선장은 근사한 곳에 가고 싶다고 말했다. 어디든 마음이 중요하다며 필례는 선장의 팔짱에 제 팔을 끼우며 역 부근으로 걸어갔다. 스스로 먼저 몸을 밀착시키며 안겨 오자 선장은 구름을 밟는 기분이 되어 헛발질로 걸음이 흔들거렸다.

여인숙 골목에는 새해맞이를 함께 하려는 남녀들이, 혹은 해의 마지막을 위로받기 위해 여자를 찾는 쓸쓸한 사내들이 방과 여자를 찾아 이리저리 다녔다. 필례는 여인숙 옆 작은 상점에서 소주와 마른 안줏거리를 골랐다. 필례가 들어간 여인숙에도 이미 방방 마다 불이 켜져 있었다. 내실에서 나오던 주인 여자는 필례를 한참을 보다 손을 덥석 잡았다.

　"고새 완전 딴판이 되었네. 그 새댁은 아를 낳았소?"

　필례는 오늘 계집아이를 낳았다고 대답했다. 여자가 마침 방 하나가 방금 비었다며 이미 불도 넣어뒀기에 따뜻하다며 방을 안내했다. 선장이 먼저 방으로 들어갔다. 뒤따라 들어가려는 필례를 여자가 붙잡고 부엌 쪽으로 데리고 갔다.

　여자는 당장 돌려줄 돈이 없으니 앞으로 시내 나올 때마다 여기서 머물라고 했다. 필례는 반지를 만지작거리며 대답 없이 서 있다가 알았다고 대답했다. 여자는 방 안으로 들어가는 필례 등 뒤를 향해 혼잣말을 했다.

　'그런데 저 사내, 저승사자가 그림자를 밟고 서 있네, 아이고 불쌍한 여편네.'

*　*　*

　'계집이 작정하고 덤벼들어 사내를 홀딱 벗겨 먹는구나.'

노파는 마당에 서서 바다를 바라보았다. 목선에서 붉은 양산을 펼치고 앉은 필례의 존재는 멀리서도 눈엣가시처럼 박혔다.

새로 모은 배는 아직 파도 때를 타지 않아 멀리서도 새하 얬다. 고기잡이로 본때를 보일 것도 아니면서 새 배부터 모 았다고 어부들도 수선거렸다. 괴기 좋아하는 계집에 홀려 그렇소. 화력발전소서 정식 일자리를 얻을 거요. 공판장에 내다 팔 괴기도 없을 것이오. 노파는 만나는 어부들에게 말 은 그렇게 했지만, 속에서 부아가 치밀어 올랐다. 이제라도 엎어진 독을 바로 세워야겠다는 결심이 섰다.

기우제라도 해 올렸는지 새벽에 찔끔 쏟아진 비를 핑계 삼아 선장은 화력발전소 공사 일을 쉬었다.

"초여름 비가 죄 지나가는 비지."

노파의 말을 건성으로 들으며 낚싯대를 손봤다. 채비를 끝 내자 붉은 양산을 든 필례가 쪼르륵 뒤따라 가파른 언덕을 내려갔다. 노파는 필례의 손가락에 반지가 하나씩 늘어날 때 마다 아들 살갗이 한 겹씩 벗겨지는 것 같아 애가 끓었다.

필례는 밤이건 낮이건 손가락에서 반지를 빼질 않았다. 거치적거리는 반지가 보기 싫어 부엌일 거드는 것도 못마땅했다. 꼬투리를 잡아 내쫓을 구실을 찾았지만, 아장아장 걸어 다니는 노랑머리가 눈에 밟혀 실행에 옮기지 못했다. 노파의 치맛자락을 잡고 쫓아다니는 노랑머리는 노파에게 찰싹 안겼다.

두 계절 만에 산모의 모유가 말랐다. 라라는 곧바로 노파가 끓인 어죽을 넙죽넙죽 받아 먹였다. 꾸덕꾸덕 말린 생선을 구워 살을 발라주면 작은 입을 오물거리다 기다리지 못하고 제 손으로 집어 먹었다. 도라지 같은 손에서 비린내가 가실 새가 없었다. 말을 시작했을 때는 누가 시킨 것도 아닌데 혀 짧은소리로 할미 곁에 자겠다고 고집을 부렸다.

노파는 밀가루 반죽처럼 찰지고 하얀 얼굴에 빠져들 것 같은 파랑 눈을 넋을 빼고 쳐다보았다. 고불거리는 노랑 머리칼을 작은 머리통에 찰싹 붙이고 잠자는 모습을 쳐다보고만 있어도 펼쳐놓은 시간이 착, 접은 듯 지나갔다.

잠결에 손을 뻗어 흐무러진 노파의 젖을 주물럭거리면 입이 바짝 말랐고 오금이 저렸다. 오줌 마려운 것도 오줌 지릴 때까지 참았다. 밥때면 발가락을 툭 건드리면 잠투정도 없이 일어나 앉아 배시시 웃었다. 어린 게 야무지고 예뻐서 노파는 쩔쩔맸다. 똥마저 밝은 황금 덩어리처럼 보였다. 그냥 내버리기 아까워 천 기저귀를 한참 들여다본 후에야 똥을 씻어 내렸다.

피 한 방울 안 섞였지만, 선장이 호적에 딸로 올렸다는 말을 듣고는 피붙이처럼 애틋하게 여겨졌다. 선장이 스스로 올린 것이 아니라 필례가 요구해 들어줬다는 말을 듣고는 살짝, 의심이 들었다. 면사무소 직원 말로는 선장이 호적에 올리느라 돈을 풀었다고 했다. 아이를 호적에 올리는데 왜 돈을 쓰나, 라는 노파의 말에 직원은 필례는 아예 호적이 없고 수니를 선장의 아내로 올렸다고 했다. 도대체 호적도 없이 어디서 뚝 떨어진 사람들인지 노파는 알 수가 없었다.

노랑머리 아이를 낳은 것으로 봐선 다행히 북에선 내려온 사람들 같지는 않았다. 발전소 소장에게 받은 감자밭 부지 보상금 일부를 수니 명의로 넣어줬다는 말을 수산업 협동 조합 직원에게 듣고는 복장이 터졌다. 여자에게 홀리지 않고서는 할 수 없는 행동이었다. 노파는 수니에게 여태 어디서 살았는지 물어봤지만, 시원한 답을 들을 수 없었다.

수니는 선장의 책상에서 책을 꺼내 읽고 그림 재료로 그림을 그렸다. 그려도 번듯한 모양을 지닌 것이 아닌 사각형, 원, 삼각형 등 그림 같지도 않은 도형들만 그려댔다. 라라가

방을 돌아다니며 물감을 짜 옷에 묻혀도 내버려 뒀다. 아이 교육에 관심이 없었고 어딘가 신경 줄 하나 끊긴 사람처럼 맥 놓고 지냈다. 덕분에 노파가 노랑머리를 마음대로 곁에 끼고 있어도 싫은 내색을 하지 않았다. 그것 하나는 노파 마음에 들었다.

붉은 양산 아래 필례의 얼굴은 꽃그늘에 닿은 것처럼 붉었다. 붉은빛을 흡수하고 푸른빛을 반사해 파랗게 출렁이는 바다와 선명하게 대비되는 필례는 꽃처럼 피어올랐다. 말없이 사방 바다를 둘러보다 무심한 듯 선장을 곧바르게 쳐다보았다. 선장은 직선적인 그 시선에 늘 당황했다. 아무리 품에 안고 구석구석을 물고 빨아도 바로 앞에 앉아 빤히 쳐다보면 가슴이 미어터질 것 같았다.

붉은 것을 흡수해 바다는 더 파랗던가. 어떤 험한 생을 통과했기에 필례는 저렇게 무심한 표정을 지을 수 있는 것일까. 가지고 있는 모든 것을 퍼주고 싶었다. 필례가 원한다면 제 팔이라도 얄팍얄팍 잘라주려고 덤벼들 작정이었다. 선장은 멀리 흰 외벽에 파도가 그려진 집이 보이지 않도록 갯바위 쪽으로 노를 젓다가 멈췄다.

노를 고정해 놓고 주머니에서 꺼낸 서류를 펼쳐 필례에게 줬다. 강원도 평창군 진부면 수항리 352번지 집문서였다.

어느 한때 한 계집을 평생 품고 살 작정을 하고 산 집이었다. 대관령 서쪽의 작은 암자에 탱화를 그렸다. 근처에 있는 큰 절 주지가 직접 올라와 작업 중인 탱화를 보고 절의 벽화와 삼성각 탱화 제작을 의뢰했다. 작은 암자의 탱화를 완성하고 큰 절의 벽화 준비 작업을 하다 일이 벌어졌다.

계집은 어깨와 팔에 깊이 팬 상처를 달고 그를 원망하며 살았을 것이다. 서툰 욕망과 폭력에 감정이 휘둘려 씻을 수 없는 죄를 지었다. 뼛속까지 얼어붙을 듯 추운 겨울 바다에서 명태잡이를 하고 돌아와 집을 찾아갔다. 집은 사람이 떠난 지 오래되었는지 폐가로 흉물스럽게 변해있었다.

수소문해 찾아낸 계집은 대관령 너머 시내 중앙 통에서 불교용품을 파는 가게를 운영하고 있었다. 회색 승복을 입은 계집은 평온해 보였다. 어깨와 팔에 패인 상처를 확인하고 싶었지만, 그는 뒤돌아섰다. 매번 원양 어선에서 돌아오면 불교용품을 파는 가게 근처를 서성거렸다.

집을 팔려고 내놨지만, 한여름에도 찬 바람이 부는 외진 곳을 살 작자가 나타나지 않았다. 선장은 필례에게 집문서를 보관하고 있으라고 줬다. 팔아봐야 목돈이 되지 않겠지만 그래도 뭐든 주고 싶었다. 그는 그 일을 간략하게 설명했다. 이제 검지에 끼고 있는 금가락지를 빼라고 했다. 필례는 금가락지를 뺐다. 헐값에라도 팔아 라라 옷이래도 살 생각이었다. 선장이 손을 내밀었다. 필례는 오른손을 높이 쳐들어 반지를 바다에 휙, 집어던졌다.

"털어버리세요. 얘기해줘서 고마워요."

선장은 필례의 선택에 흡족했다. 외벽에 그려진, 안료가 굳어 떨어져 형상을 알아볼 수 없는 그림도 지워버려야겠다 결심했다.

"당신답소. 언제 시간이 나면 거기 가봅시다. 삼성각에 탱화가 남아있다면 불태워야겠소, 그러면 품었던 독도 사라질 것 같소."

"유리가 우리를 라스팔마스로 부른 것은 우리를 살리기 위한 최후 거래였어요."

유리 보리소비치 스미르노프는 잠수함의 블랙박스를 건네는 조건으로 수니와 필례를 라스팔마스로 데려다 달라고 요구했다. 비스카야만에서 침몰한 유리의 잠수함은 사천 미터 깊이의 바닷속으로 가라앉았다. 훈련을 마치고 복귀하던 중 노벰버급 핵 잠수함의 중앙부와 맨 후미 구획에서 동시에 화재가 발생했다.

폐쇄된 도시로 발령 난 유리가 처음으로 참가한 비밀 특수 잠수함 훈련이었다. 원자로 비상계통이 작동되면서 전원이 단절되었고 비상 디젤발전기조차 작동되지 않았다. 중앙통제실은 화재로 인한 연기로 가득했다. 일그러진 틈새로 스며들어온 해수가 허리께 찼다. 후미에 갇힌 일부 승조원들을 버려두고 한 명씩 탈출복을 입고 어뢰실 탈출 트렁크를 통해 잠수함을 빠져나갔다. 함장에게 블랙박스를 건네받은 유리도 자유 부상으로 탈출했다.

바다에 떠올랐지만, 주변에 구조요청을 할 어선도 없었다. 한 방향으로 헤엄쳐 가던 세 명의 승조원은 비상 탈출복 속에서 기력저하와 저체온으로 바다 위에 뜬 채 죽었다. 유리와 다른 한 명은 트롤 조업을 하던 어선에 의해 구조되었다.

조사를 위해 소비에트 연방 수사관의 배가 도착하기도 전에 다른 한 명은 스스로 목숨을 끊었다. 유리는 우리가 무사히 도착한 것을 확인하고 블랙박스를 건넸다. 유리가 아무르강에 몸을 던졌다고 했지만, 정치장교는 물에 빠져드는 그에게 총을 쐈을 것이 분명했다.

자살을 방조한 것보다 반항해 총살했다는 것이 깨끗한 보고가 될 것이었다. 그들은 자신들의 비밀 업무와 잠수함의 침몰을 알고 있는 유리보단 잠수함의 블랙박스가 더 중요

했다. 정치장교는 우리를 찾기 위해 하바롭스크와 유즈노사할린스크에 찾아다녔을 테다. 라스팔마스에서 선장의 태극호에 밀항하기 전날, 필레는 하바롭스크에서 친분을 가졌던 고려인 김치가게로 소포를 보냈다. 가지고 있던 소련 돈과 귀중품, 여유분의 옷 가방까지 모두 보냈고 편지에 하바롭스크 집에 있는 모든 가구와 물건을 양도하겠다는 편지를 썼다.

유리의 죽음을 듣고 수니가 발작을 일으켜 바다에 뛰어들었고 나 또한 살아갈 여력이 없어 바다에 뛰어들 것이라고 첨가했다. 그 편지를 전해 받은 정치장교는 필레와 수니에 대해 기록해뒀던 자신의 수첩을 불태웠을 것이다. 그래서 스페인 연안에서 침몰한 핵 잠수함의 존재는 비스카야만 깊은 바닷속에 은폐되었다.

"수니의 남자는 궁금하지 않소. 나는, 당신의 인생이 궁금하오. 수니 아버지는?"

무표정했던 필레의 얼굴이 하얗게 질렸다. 들고 있던 붉은 양산의 손잡이를 기울여 양산 그늘로 얼굴을 가렸다. 선장은 갓 태어난 라라의 아버지가 되었다. 선장의 아내는 스물여섯 살이라 기억한다는, 성을 알 수 없다는 수니였다. 수니는 라라의 이름 가운데에 친부 이름을 기리는 유리예브나를 넣어야 하고, 성은 스미르노프, 라는 말만 반복했다. 수니의 말에 그들이 소련에서 왔을 거라 여겼다. 그는 명태 트롤 조업을 할 때 만났던 고려인들을 떠올렸다. 그들은 외모는 한국인이었지만 뼛속 깊이 자신들을 소비에트 인이라 여겼다. 그는 아이를 호적에 올리더라도 필례를 아내로 올리고 싶었다. 필례는 자신의 호적은 필요 없다고 말했다. 그것은 수니와 아이만 안전하다면 자신은 생에 미련이 없다는 행동처럼 여겨져 그의 마음을 후벼 팠다. 그는 화력발전소 터의 보상금액을 필례 계좌로 넣으려면 주민증이 필요하다고 했지만 필례는 고집을 부려 수니 앞으로 돌려놨다.

그는 필례가 통과해온 생이 얼마나 험난한 것인지 이해할 수 없을 거였다. 그렇지만 알고 싶었다. 할 수 있다면 위로하고 싶었고 지금이라도 모든 것을 잊고 남은 시간을 새롭게 살고 싶었다. 그래서 지금은 아무 회한 없는 자신의 옛일을 일부러 끄집어내 장황하게 말했다.

"수니 아버지는 어떤 사람이었소?"

"이름도 모르는 석 달 같이 지낸 남자였어요."

필례는 입을 꼭 다물고 시선을 수평선에 뒀다.

"이름도 모르는 남자랑 석 달이나 같이 지내고 아이도 뱄소?”

“그곳에서는 일본 이름을 불러야 했고 너무 많은 일이 벌어졌어요.”

“차근차근 다 얘기해봐요. 들어줄 테니”

필레는 먼바다만 바라보았다.

“떠올리기 싫어요. 과거를 모두 지웠어요.”

그 어떤 것에도 관심 없는 무표정한 그녀를 바라보다 선장은 거칠게 노를 저었다. 저렇게 쌀쌀맞게 말하고 입을 다물어버리면 바로 앞에 앉아 있어도 잡을 수 없는 멀리 있는 사람 같았다.

영동화력발전소 공사현장이 보였다. 일꾼들이 각자의 자리에서 일하고 있었다. 새벽에 잠깐 쏟아진 비는 지나가는 소나기였다. 비가 지나가자 현장 사무실에서 대기하며 화투를 치던 일꾼들이 시간을 따져 들며 일을 시작했을 것이었다. 발전소 공사 덕분에 인근 주민뿐만 아니라 강릉, 정동진, 옥계, 묵호에서도 젊은이건 늙은이건 일당을 벌기 위해 모여들었다.

저녁 마무리 작업 후 일당을 현찰로 줬기에 논농사를 짓는 농부들까지 농사일을 안사람에게 넘기고 새벽부터 와

줄 섰다. 공사현장의 곳곳에 현수막이 펄럭거렸다. 안전제일, 초고압 감전 위험. 철탑 접근금지.

선장은 염전 방파제를 지나 군선강 합수부 아래 빨간 다리 밑을 지났다. 던져놓은 그물을 들어 보았다. 학꽁치와 노래미, 애 광어만 몇 마리 들어앉아 있었다. 그는 군선강 합수부 근처 물 밑을 살피다 목선을 세웠다. 바다에서 군선강으로 거슬러 올라가다 민물 냄새를 맡고 이즈음에서 숨을 돌리고 있는 숭어 떼가 보였다.

그는 닐대를 던져 보리 숭어를 거칠게 걷어 올렸다. 석 달을 같이 살았는데 이름을 모른다는 말에 화가 치밀어 올랐다.

'그런 사내의 아이를 혼자 낳아 길렀단 말인가.'

'바라보면 애틋하고 이유를 알 수 없는 슬픔이 느껴져 살펴주고 곁에 있어 주고 싶어 여태 궁금해도 꾹 참고 기다렸는데.'

'떠올리기 싫고 과거를 모두 지웠다니. 지우면 지워지는 것인가, 그렇게 호락호락한 인생인가. 아니면 떠올리기 싫은 것인가.'

'뭐가 그리 비밀이 많은지.'

선장은 필례가 뭔가 숨기고 있다는 생각이 들었다. 선장이 밧줄로 목선을 붙잡아 맸다. 그물과 함석 들통을 거칠게 들었다.

필례가 천천히 일어났다. 그는 평소처럼 필례의 손을 잡아주지 않았다. 필례는 긴 치맛자락을 걷고 출렁거리는 배에서 휘청거리다 내려왔다. 그는 뒤도 돌아보지 않고 빠른 걸음으로 가파른 언덕을 올라갔다.

필례는 가파른 언덕의 중턱에 앉았다. 바다를 바라보았다.

냉습한 벌판에 버려진 사람들이 있었다. 수니 아버지는 사촌 언니를 기다리던 남자였다. 그는 사촌 언니 죽음에는 관심이 없을 정도로 공포와 두려움에 벌벌 떨었다. 협박과 밀고, 폭력과 혹독한 노동이 그에게서 인간의 눈빛을 앗아가버렸다. 붉은 군대가 내려오기 전, 그 여름의 지옥 같은 날들이 시작되기 전, 석 달을 필례 집에서 지냈다.

그는 뭐가 뭔지도 모르는 필례의 몸을 탐했다. 어리고 작은 필례가 반항하면 탄을 캐던 검은 손으로 주먹을 휘둘렀다. 자신보다 약한 것에 욕망을 분출하고 주먹을 휘두름으로 자신의 공포를 잊으려 했다. 그가 강제로 필례의 다리를 벌릴 때마다 그녀는 과거를 조작했다. 순간을 견뎌내기 위해 과거를 조작했다. 과거를 지워야만 현재를 살아갈 수 있는 그녀의 방식이었다. 어떤 삶이 자신의 실제 것인지 알 수 없었다. 분명한 것은 어떤 과거도 지우고 지워도 지옥이었다.

겨우, 열여섯 살이었다. 창자가 끊어질 듯 배가 고팠다. 손톱이 검게 죽은 곱은 손으로 얼어붙은 흙을 팠다. 둥글고 말랑한 것이라면 무조건 입에 넣고 씹어보았다. 사방에서 불어오는 혹독한 바람 속, 바다 끝에 앉았다.

죽은 짐승의 껍질을 벗겨 젖은 가죽을 말려 몸에 둘둘 말았다. 축축한 짐승의 털에서 피비린내가 났지만, 칼바람은 막아줬다. 눈에서 떨어지는 눈물은 뺨에 흘러내리자 곧바로 얼어붙었다.

얼어붙은 눈물이 녹기도 전에 새로운 눈물이 흘러내렸다. 뺨이 얼음 조각처럼 서걱거렸다. 먼바다를 바라보며 배를 기다렸다. 뺨에 얼어붙은 조각을 뜯어내며 일본 탄광에서 돌아올 아버지를 기다렸다. 버려진 사람들을 데리러 와줄 배를 기다렸다.

'어떻게, 이곳은 이렇게 평화로울 수 있습니까.'

5. 팔월의 날들

열세 번째 모퉁이를 돌면 열세 번째 새로운 풍경이 펼쳐질까. 열세 번째의 지옥이 펼쳐지는가. 얼마만큼 돌고 돌아야 지옥 곁에서 벗어나는 것인가. 그곳이 지옥인지 모르고 다른 세상이 있는 줄도 모르고 살아야 했기에 살았다. 얇은 동산 밑자락 마을에서 군불을 피우던 어린 시절이 꿈처럼 여겨졌다. 바다 끝에 앉아 있으면 환각처럼 배가 보였다. 흰 옷 입은 사람들이 손을 흔들며 다가왔다.

가미시스카 북쪽에 한인 노동자 집단 거주지인 판자촌이 있었다. 그중에서도 가장 북쪽 허허벌판에 철근 콘크리트로 된 직사각형 모양 건물에 세 가구가 모여 살았다. 우리 집은 가장 왼쪽이었다. 집의 마루는 나무였고 그 위에는 두꺼운 짚으로 매트를 만들어 깔았다. 회 반죽한 벽은 건조하고 매서운 겨울바람에 갈라져 부서졌고 여름 습기로 저절로 후룩 떨어졌다. 집 바로 뒤에는 자작나무 숲이었다.

나는 자작나무 숲으로 들어가 죽은 자작나무에서 자라는 버섯을 채취했다. 가끔, 살아있는 자작나무에서 자라는 차가버섯을 발견했다. 차가버섯은 일본인 거주지역에 가져가면 비싼 가격에 팔 수 있었다. 자작나무 숲을 헤매다 자작나무에 목을 매고 죽은 사람을 본 적도 있었다.

자작나무에 목을 매고 죽은 사람들을 발견하는 것은 차가버섯을 찾아내는 것처럼 드물게 일어났다. 그 여름의 해는 특히, 강렬했다. 햇볕은 강렬했지만, 습기가 많았고 바람이 없어 천 조각이 몸에 들러붙을 정도로 눅눅했다. 몸을 적셔 뼈를 녹일 만큼 눅눅한 습기처럼 무성한 소문이 떠돌았다.

사람들은 붉은 군대가 입성할 것이라고 말했다. 일본 본토에 원자폭탄이 떨어져 일본이 패망했다는 말이 돌았다. 이웃 주민 몇 명이 소비에트 첩보원이라는 것이 발각되어 일본 경찰에게 체포되었다. 구니모토 토후쿠. 수니 아버지,

정 씨의 이름은 잊어버려도 그 이름은 기억했다. 잊을 수 없었다. 사람들은 그 이름을 내뱉고는 주변을 살폈고 몸을 떨었다. 그는 밀고자였다. 일본 경찰에게 무고한 한국인들을 소비에트 첩보원이라 밀고했다는 소문이 돌았다. 가미시스카 역에서 일본 경찰과 함께 다니는 것을 보았다는 사람도 있었다. 그의 밀고로 정 씨도 잡혀갔다. 정 씨는 러시아어를 한마디도 못 하는 겁 많은 남자였다. 정 씨가 소비에트 첩자라는 근거는 국경 지역 아사시 마을에서 내려왔으며 뚜렷한 직업이 없다는 것이었다.

구니모토의 밀정을 알게 된 집주인이 그를 내쫓아 그가 경찰서에서 생활한다는 소문도 돌았다. 어머니는 일본 본토에 원자폭탄이 떨어진 것이 소문이 아니라 실제로 일어난 사건임을 확신했다. 어머니는 아버지의 생사를 확인하기 위해 가미시스카 역 근처 일본 노동자 관리국 사무소와 경찰서에 자주 찾아갔다.

도마리키시 탄광에서 일하던 아버지는 붉은 군대가 들어오기 전해인 가을, 일본으로 갔다. 아버지는 그동안 탄광에서 받은 채권과 보험증권을 어머니에게 맡겼다. 1년만 일하면 그것의 두 배를 벌어오겠다고 했다. 어머니는 아버지가 일본으로 가는 것을 반대했다.

"여보, 그냥 고국으로 돌아가는 배편을 알아보세요."

어머니는 고국으로 돌아가자고 했다. 어머니는 가을 찬 바람이 불기 시작하면서 무섭게 기침을 했다. 아버지는 의지대로 할 수 없다며 거절하면 그동안 모은 채권과 보험 저축을 돈으로 받을 수 없다고 했다. 반항하면 더 험한 곳으로 보내질 것이라고 했다. 1년 후 돌아오면 계약 만료를 약속했으니 채권과 보험증권을 돈으로 바꿔 고국으로 돌아가자고 어머니를 설득했다. 아버지는 최소한 간략하게 짐을 꾸렸다. 가족 단위로 사할린 이주를 권했던 노동자 관리국은 일본 탄광으로 재이동할 때는 가족을 사할린에 두고 단독으로 가는 것을 원칙으로 세웠다.

탄광 임금 대부분을 채권과 보험증권으로 받았기에 저축한 돈도 없었다. 아버지가 일본으로 가자 최소한의 기초 생활도 어려웠다. 어머니는 채권을 들고 가미시스카 역 근처 일본인 거주지역으로 갔다. 계절 노동자를 데리고 일자리를 찾아주는 일본인 하청업자를 만나러 갔다. 그에게 채권을 주고 반값을 받아왔다. 그는 여러 장의 채권을 사지 않았지만, 어머니를 좋게 보아 드문드문 채권을 한 장씩 사거나 채권 거래를 중개해줬다. 어머니는 그 돈으로 닭을 샀다. 어머니는 고국에 있을 때 소학교에서 학문을 익히고 한자 공부도 한 사람이었고 일어도 금세 익혀 통역이 필요할 때면 불려 다녔다. 어머니는 정 씨에 이어 함께 사는 야나기 씨가 경찰에 잡혀가자 국경 지역에서 벌목공으로 일하는 하야스미 씨를 저녁 식사에 초대했다.

함께 모여 사는 세 가족의 사람들이 우리 집에 모였다. 어머니는 미처 품을 키우지도 못한 닭 한 마리를 잡아 고추장 국물에 푹 끓였다. 나는 밀가루로 수제비를 떴다. 어머니는 동그랗게 모여 앉는 아홉 명의 사람들에게 대접을 돌렸다. 사람들은 닭과 수제비와 붉은 국물을 후후 불며 고국을 떠올렸다.

'제대로 맵군요, 고추장을 잘 담그셨네요.'

'오늘이 중복인가요, 복날엔 마을 어른들이 개를 데리고 야산으로 올라가곤 했지요, 장국 냄새만 맡으면 개와 닭들은 도망을 다녔지요.'

사람들은 각자 고국을 떠올리는 말을 하다가 동시에 침묵했다.

고요한 천장을 올려다보며 흐르는 눈물을 참았고 국물과 함께 눈물을 삼켰다. 국물을 삼키고 한숨을 내쉬며 코를 훌

쩍이는 사람도 있었다. 침묵을 먼저 깬 사람은 하야스미 씨였다. 그는 소문으로 떠도는 것들이 사실이라고 했다. 그는 국경 지역 아사시 마을 숲에서 라디오를 들었다고 했다. 미국이 일본의 히로시마와 나가사키에 리틀보이와 팻맨, 이라는 원자폭탄을 투하했다고 했다. 일본은 패전했으며 고국은 해방되었다 했다. 사람들은 붉은 대접을 내려놓고 낮게 숨을 내뱉으며 손뼉 쳤다.

어머니는 사할린에서 듣는 일본 패전 소식을 단순히 기쁘게 받아들일 수 없다고 말했다. 고국에서야 해방이 기쁨이겠지만 이곳에서 일하는 노동자들은 모두 일본 시민권자로 사할린에 왔다. 이름도 일본 이름을 사용해 조선 이름이 무엇인지도 잘 몰랐다. 붉은 군대가 들어오면 우리는 해방될까요? 일본인으로 취급해 적으로 대할지도 몰라요. 어머니는 섣불리 판단할 수 없다고 했다. 하야스미 씨도 어머니의 말에 동의했다. 모여 앉은 사람들은 바닥에 붉은 기름이 도는 대접만을 내려다보며 침묵했다.

어머니는 아버지의 생사확인을 한 후 일본이 아닌 북조선을 통해 귀국할 계획을 세웠다. 북조선에서 이곳으로 온 사람들에게 북을 통해 귀향할 것을 제안받았다고 했다. 사람들은 일단 붉은 군대가 내려오면 판단하기로 했다. 다음 날 하야스미 씨를 비롯한 남자들이 일본 경찰서로 잡혀갔다. 그들이 모두 소비에트 첩자라고 했다.

그날도 어머니는 아침 일찍 가미시스카 역으로 갔다. 나는 어업 콤비나트 어부들의 이불 세탁을 부탁받았기에 마당에서 이불을 빨아 널고 있었다. 모처럼 습기가 가셨고 얕은 바람이 불었다. 해가 하늘 꼭대기로 치솟아 오르기 전에 일곱 개의 이불을 죄 뜯어 홑청을 빨았다. 홑청을 펼쳐 널고 있을 때 이웃들이 몰려나왔다.

말을 탄 일본 경찰이 주민들을 한 곳으로 몰았다. 옆집 아줌마가 나에게 내려오라는 손짓을 했다. 나는 마지막 이불 홑청을 가지런히 펼쳐 널고 사람들이 몰려가는 곳으로 따라갔다. 방공호로 대피해야 한다고 했다. 붉은 군대가 남사할린 전체에 폭탄을 떨어뜨린다고 했다.

방공호에는 이미 사람들이 대피 중이었다. 나는 어둡고 좁은 방공호를 비집고 들어가 어머니를 찾았다. 어머니가 보이지 않았다. 나는 어머니가 가미시스카 경찰서로 가는 것을 봤다는 누군가의 말을 듣고 방공호에서 나와 경찰서로 갔다.

아버지는 일본으로 가면서 당부했다. 1년 동안 절대로 어머니 곁에서 떨어지지 말라고 했다.

"폭탄이 떨어져도 둘이 떨어지면 안 된다."

"폭탄이 떨어지면 어머니 곁에서 함께 폭탄을 맞아라. 죽더라도 같이 죽어라."

아버지는 나에게 맹세시켰고 나는 맹세했다. 경찰서로 들어가기도 전 근처에서 나는 구니모토 토후쿠를 보았다. 그는 일본 경찰의 지시에 따라 고개를 끄덕이며 듣고 있었다. 곧바로 어머니를 보았다. 어머니는 총을 들고 있는 경찰의 지시에 따라 대여섯 명의 사람들과 함께 경찰서 앞에 서 있었다. 나는 어머니에게 달려가려고 했다. 순간, 나를 발견한 어머니가 눈짓했다. 오지 말고 숨으라는 눈짓이었다.

나는 어머니를 지켜볼 수 있는 근처 감자 더미 뒤로 갔다. 파란 비닐 덮개 속에 몸을 숨겼다. 푹푹 찌는 열기에 숨이 막혔고 감자를 뒤덮고 있던 날벌레들이 나에게 들러붙었다.

여름 감자 썩는 냄새 사이로 벤진 냄새가 확, 번졌다.

바로 앞 경찰서에서 총소리가 났다. 두 명의 일본 경찰이 창문 앞에서 총을 쐈다. 그곳에 며칠 전 잡혀간 이웃 사람들이, 정 씨가 있다는 생각이 들었다. 동시에 경찰서에 불이 확, 붙었다. 경찰 제복을 입은 세 명의 일본인이 흥분해서 큰소리로 소리를 질렀다. 누군가 경찰서 창문으로 뛰어내렸다. 경찰 한 명이 그쪽을 향해 소리를 질렀다.

어머니는 파란 비닐 아래에 있는 나에게서 눈을 떼지 않았다. 구니모토 토후쿠와 경찰서에서 일하는 사람들이 산만하게 움직일 때 어머니는 재빠르게 나를 향해 다가와 파란 비닐 속으로 뛰어들었다. 어머니의 숨소리가 총소리처럼 크게 들렸다. 사람들의 발짝 소리와 트럭 엔진 소리가 들렸다. 트럭이 출발했고 소리가 멀어졌다. 경찰서 건물에서 무언가 탁탁탁, 소리를 내며 탔고 부서져 내렸다. 지독한 냄새와 함께 불이 활활 번지는 소리가 났다. 어머니와 나는 트럭 소리가 멀어져도 감자 더미 속에서 감자처럼 뭉크러질 정도로 긴 시간을 숨죽이고 있었다.

우리는 불이 활활 타오르는 경찰서 마당을 지나갔다. 경찰서 근처 집마다 불타고 있었다. 집으로 돌아가자마자 어머니는 자작나무 숲으로 들어가 땅을 팠다. 방공호에서 빠져나온 이웃들도 각자 땅을 팠다. 한 건물에 사는 세 가구

중 살아남은 남자는 여섯 살 사내아이 단 한 명이었다. 여럿이 있으면 모두 함께 학살을 당할 수 있으니 각자 흩어져 숨기로 했다. 어머니는 마당에서 빳빳하게 마른 이불 홑청을 이웃들에게 나눠줬다.

"살아냅시다, 살아냅시다."

주문처럼 그 말을 내뱉었다. 어머니는 두 명이 간신히 들어갈 수 있는 깊이로 판 땅에 이불 홑청을 깔았다. 홑청 끝자락을 안으로 둘둘 말아 넣고 집에서 뜯어낸 판자를 놓고 그 위에 목재와 풀을 덮었다. 마침 근처에는 허리께에 닿는 풀들이 한창 우거져 있었다.

나는 어머니에게 정 씨를 찾아야 한다고 말했다. 어머니는 그가 경찰서 안에 있었고 그곳에 있던 모든 사람은 총살당했다고 했다.

"시신이래도 찾아 묻어줘야 해요."

그가 내 몸을 만졌고 두 달째 피가 비치지 않았다는 말도 했다. 어머니는 한숨을 내쉬고 이불 홑청을 들췄다. 어머니와 나는 사체를 수습하기 위해 이불 홑청을 하나 둘둘 말아 쥐고 경찰서로 갔다.

경찰서 건물 안에는 타다만 사체가 여기저기 널브러져 있었다. 대부분 불에 타 일그러졌고 형체를 알아볼 수 없었다. 어머니는 형상을 알아볼 수 있는 사체를 손짓하며 생전 그 사람의 한국 이름을 불렀다. 나는 엎어진 사체를 들춰내고 뒤적거리다 타다 만 정 씨의 얼굴을 찾았다. 죽기 직전까지 몸으로 얼굴을 가리고 있었는지 꺾인 팔이 그의 얼굴을 감싸 쥐고 있었다. 그의 머리 아래 몸과 팔은 새카맣게 탔다. 내가 이불 홑청을 펼쳐 그의 얼굴 부분과 몸을 수습해 챙기려 할 때, 어머니가 경찰 트럭이 온다고 낮게 소리 질렀다.

우리는 감자 더미로 가 파란 비닐 아래에 숨었다. 일본 경찰들과 함께 트럭에서 내린 사람은 구니모토 토후쿠였다. 그들은 불에 탄 경찰서 안으로 들어갔다. 그들은 양손 가득 뭔가를 들고나와 바로 옆 석탄 창고에 던졌다. 세 번 정도 경찰서 안과 석탄 창고를 오갔다. 누군가 소리를 치자 트럭 시동을 거는 소리가 들렸다.

트럭에 올라타기 전 구니모토 토후코가 감자 더미 쪽으로 다가왔다. 저벅저벅 걸어 다가온 그는 감자 더미 바로 곁에서 바지 지퍼를 내리고 오줌을 눴다. 몸을 털고 지퍼를 올린 그는 몸을 돌리다 멈췄다. 그는 비닐을 들췄다. 나도 모르게 뭉크러진 감자를 움켜쥐었다.

그와 나는 눈이 마주쳤다. 나는 살쾡이처럼 빛나는 그의 눈을 보았다. 그의 눈은 살쾡이처럼 빛이 났지만 울 것 같은 표정이었다.

트럭에서 누군가 소리를 지르자 그는 비닐을 덮고 트럭으로 가 트럭에 올라탔다. 그들이 트럭을 타고 떠난 후 우리는 다시 경찰서 안으로 들어갔다. 우리는 얼굴과 몸통이 덜 타 알아볼 수 있었던 사체 조각들이 사라졌다는 것을 알아챘다. 정 씨의 불에 그슬린 얼굴도 없어졌다. 꺾여 있던 정 씨의 팔도 찾을 수 없었다.

지옥 같았던 시절을 어떻게 통과해왔는지 누구에게도 말할 수 없었다. 우리는 버려진 채 들짐승처럼 살았다. 가미시스카 시에서 살아남은 주민들은 불탄 집의 잿더미를 뒤졌지만, 건질 것은 아무것도 없었다.

우리는 여름옷을 입은 채로 바다를 향해 갔다. 사할린에 있는 사람들을 태우러 배가 온다는 소식이 돌았다. 걸어서 코르사코프 항으로 갔다. 배가 정박했지만, 그곳에 일본 시민권을 가진 한국 민족을 위한 자리는 없었다. 사할린에 있던 일본인들은 죽은 자의 유골까지 챙겨 본토로 귀국했다.

저 배가 나가면 다음, 우리를 데리러 배가 들어올 것이라 했다. 여름이 끝나도록, 가을, 겨울이 될 때까지 우리를 태우러 올 배를, 혹은 아버지를 태운 배를 기다렸다.

뱃속에서 아이가 자라고 있는 줄도 모르고 바다 끝에 나가 앉아 겨울 찬바람에도 배를 기다렸다. 고국에서 배가 오지 않을 것이라 낙담한 사람들은 얼어붙은 바다를 걸어 나갔다. 걷고 걷다가 얼음이 부서져 둥둥 떠다니는 바닷속으로 가라앉았다.

극동군사관구 군사재판부는 구니모토 토후쿠에게 10년 감금형에 처하는 유죄판결을 내렸다. 기소 이유는 1945년 4월부터 8월까지 일본 경찰 스파이로 활동하면서 그들에게 협력했고 1945년 5월과 7월에 한국인을 반일활동, 소비에트 첩보원으로 일본 경찰에 밀고, 18명의 한국인 총살 현장에 있었고 이를 은폐시킬 목적으로 총살된 사체 방화한 것이 밝혀졌다.

사건 당해 겨울, 그는 홈스크 쿠라시 마을에서 일하다 한국인들에 의해 고발되었다. 그는 사건 조사와 증인 대질 심문에서 자신의 죄를 모두 인정했다.

1954년까지 크라스나야르스크 지방의 노릴스크에 감금되었고, 나머지 2년 1956년까지는 이르쿠츠크 타이쉐트에 감금되었다.

1968년 그는 자신의 무고를 주장하고 명예회복을 호소하는 청원서를 냈다. 그는 일본 경찰과 결탁해 밀고한 적도 없다고 주장했다. 증언자들이 합세해서 자신을 죄인으로 지목했다고 했다. 그는 자신의 결백을 증언해 줄 증인으로 어머니와 나를 지목했다. 이십여 년이 지난 사건이었다. 그는 당시 일본 경찰들 전원 사형에 처했고 당시 사람들이 거의 죽었다는 사실을 알고 있었다. 어머니도 유즈노사할린스크에 도착하자마자 판자와 천막을 덧댄 집에서 냉습한 찬바람을 견디지 못하고 피를 토하다 죽었다.

그는 벤진이 담긴 양동이를 날랐지만, 그 사용 용도는 몰랐고 총살과 방화 다음 날, 형체가 남은 사체 인멸을 위해 석탄 창고에 던지는 일에 가담하지 않았다고 했다. 그는 자신이 감자밭에 숨어서 일본 경찰의 행위를 지켜봤다고 진술했다. 그는 심문에서 이렇게 말했다.

나는 감자밭에 숨었습니다. 차에서 내린 경찰들은 사체 일부를 불타는 석탄 창고에 던졌습니다. 나는 계속 밭에 엎드려 있었습니다. 불 속에 사체를 다 던진 후 경찰들은 떠났습니다. 밭에는 나 이외에도 두 명의 사람이 있었습니다. 조선인 두 모녀입니다. 그들이 제 말을 증언해 줄 것입니다.

　감자밭의 감자 더미에서는 경찰서 안을 절대 볼 수 없었다. 우리는 그들이 떠난 후, 다시 경찰서 안으로 들어갔기에, 정 씨의 몸을 수습하려 했기에 사체를 인멸한 것을 알게 되었다. 그런데 가끔, 의문이 들었다.
　'그는 왜 비닐 속, 감자 더미 사이에 숨은 나를 끄집어내지 않았을까.'

　그날 그가 나를 본 것은 분명했다. 그의 청원은 사실과 부합하지 않으며 그의 유죄는 증언과 예심과 공판심리에서 스스로 자신의 죄를 인정했다는 진술을 근거로 기각되었다. 덧붙여 추가조사과정에서 일본으로부터 획득한 전리품인 구니모토 토후쿠에 대한 일본 문서를 발견하였다. 그 문서에 의하면 그는 1943년 칭따오 헌병대의 스파이였다. 투밍시에서 민족해방 운동에 가담하고 있다고 의심되는 인물을 적발하는 임무를 맡았다. 1943년 7월과 8월에 일본 헌병대로부터 한 달에 10 고베를 받았다고 했다.

그가 명예회복을 위해 청원서를 낸 것이 계기가 되어 1968년 여름, 카자흐스탄 소비에트 사회주의 공화국 내각 산하 국가안전 보장위원회(KGB) 수사국 수사관 중위 유리 보리소비치 스미르노프가 이 사건을 조사하기 위해 유즈노 사할린스크로 찾아왔다.

그는 나에게 러시아어로 증언할 수 있는지 물었고, 원한다면 통역을 해 줄 사람을 선택할 수 있다고 했다.

"저는 좀 복잡합니다. 민족은 한국인입니다. 일본 시민권을 가지고 있었지만 1960년 소비에트 시민권과 여권을 수령 했습니다."

"저는 러시아어를 조금 말할 수는 있어도 듣거나 쓰는 것은 미숙합니다. 어떤 것은 이해도 힘이 듭니다."

"저는 한국어로 증언하길 원합니다. 한국어 통역관으로 제 딸 수니를 제안합니다. 유즈노사할린스크에서 해방된 다음 해 태어나 자란 스물두 살인 그녀는 한국어와 러시아어 모두 능숙합니다. 저는 그녀의 말을 잘 이해합니다."

"구니모토 토후쿠를 잊을 수 없습니다. 오래되었지만 그의 눈빛, 목소리를 똑똑하게 기억합니다. 그는 어머니와 제가 숨어 있던 감자 더미 곁에서 소변을 눴지만, 그들, 일본 경찰과 함께 움직였습니다."

그렇게 우리는 유리 보리소비치 스미르노프를 만났다.

6. 달빛이 가득한 밤

　석탄 실은 화물열차 일곱 량이 천천히 지나갔다. 보름달 테두리가 약간 허물어졌지만, 달빛은 밝았다. 필례는 집 뒷마당에 주저앉아 넋을 놓고 열차가 지나가는 것을 보았다. 열차 속도는 눈으로 가늠하기엔 사람 걸음보다 느리게 여겨졌다. 그래도 강의 하류가 바다와 만나는 지점 위에 있는 빨간 다리 위를 지나는 시간은 일 분도 채 되지 않았다.

　빨간 다리는 열차 전용이었지만, 강을 건너는 최단 거리였기에 화력발전소 공사장을 가기 위한 사람들이 종종 이용했다. 빨간 다리의 중간에는 만약을 위해 다리를 지나다니는 사람들을 위해 대피 장소가 마련되어있었다. 가시거리에서 기차를 발견했을 때 뛰거나 빠른 속도로 걸어도 대피소로 피할 수 있을 만큼의 거리였다.

만약 대피소까지 뛰어갈 여력이 없었다면 강 아래로 뛰어내렸어야 했다. 물 표면에 부딪혀 장 파열이 되더라도 그렇게 해야 했다. 뱃사람이 물이 두려워 뛰어내리지 않았다는 것을, 그 정도 판단을 못 했다는 것을 이해할 수 없었다.

"보름이어서 달빛이 가득했을 건데, 왜."

필례는 손으로 자신의 뺨을 때렸다. 뺨이 부풀어 오를 정도로 쳐대도 시간을 사흘 전으로 되돌릴 수는 없었다. 선장은 요즘 부쩍 일을 끝내고 역 앞 술집에서 술을 마시고 돌아왔다. 필례가 과거를 속 시원히 말하지 않은 것을 서운해했다. 필례는 암울한 얘기를 할 수가 없었다. 그 어두운 기운을 되불러내면 기운이 살아나 지금의 평온한 삶을 덮칠 것 같았다.

불길한 예감은 분명히 있었다. 여인숙 여자의 재수 없는 말을 듣고부터는 더욱 불안했다. 그날 아침에도 빨간 다리 건널 때, 조심하세요, 라고 말했다. 그는 건성으로 석탄 열차 지나다니는 시간까지 다 외우지, 라고 대답했다. 필례가 조심하라고 한 건 술에 취해 비틀거리다 빨간 다리의 침목 사이에 발이 끼거나 휘청거려 선로 옆으로 넘어지지 말라는 소리였다. 그의 말을 듣고 설마 열차가, 라며 흘려들었고 대수롭지 않게 여겼다.

여인숙 여자의 말을 들었어야 했다. 선장은 일요일이면 어떤 일이든 구실을 만들어 필례를 데리고 시내로 나갔다. 시민관 앞 사거리에 있는 극장에 가 영화를 보았다. 강원 여객 앞 과일 장수에게 과일을 사서 여인숙에 갔다. 여인숙 여자는 갈 때마다 필례를 붙잡고 선장에게 저승사자의 그림자가 들러붙었다고 굿을 해야 한다고 말했다.

"제 생전 어디서든 저승 곁이었어요. 저는 그런 지옥에서도 살아남은 사람이에요. 재수 없는 소리 할 거면 잔금 주세요, 저도 여기 오기 싫으니."

여자 말을 듣지 않을 거였으면 더 친절하게 거절했어야 했다. 그 여자가 뒤에서 악담을 퍼부었을지도 몰랐다. 필례는 화물열차를 운행했던 기관사를 찾아갔다.

"어떻게 사람을 못 볼 수 있어요. 그곳은 사람들이 지나다니는 다리잖아요. 짐승도 아닌데 어떻게 사람을 그냥 지나칠 수 있어요."

기관사는 제어장치를 밟았지만 미끄러졌다고 했다.

"속도도 줄였어요. 제가 누르는 경적을 들었을 때 충분히 피할 수 있었을 텐데."

그는 도의적으로 사과했지만, 자신의 잘못은 아니라고 했다. 열차 사고 담당 수사관은 원칙상 열차 전용이라 보상은 커녕 오히려 벌금을 내야 한다고 했다.

"사람이 찢기고 깔려 죽었어요. 사람이 찢겨 죽었어요."

필례는 짓이겨진 몸에 숱한 쇠바퀴가 지나갔을 것을 생각하면 정신을 차릴 수가 없었다. 기관사의 셔츠가 다 찢어지도록 그의 멱살을 잡고 놓질 않았다. 노파가 멱살을 잡은 필례의 손을 풀었다. 필례는 노파를 돌아보았다.

"배를 팔지 않았다면. 배만 팔지 않았다면. 다리로 건너다니지 않았을 텐데."

필례는 노파의 어깨를 잡고 흔들다 노파 앞에 주저앉았다. 선장의 죽음을 누군가에게 책임을 돌리고 싶었다. 누군가 붙잡고 시비를 걸고 싶었고 몸에 상처를 내서라도 슬픔을 잊을 정도 몸의 고통을 느끼고 싶었다.

나쁜 일이 생길 것이었으면 자신에게 생겨야 했다. 속과 겉, 어느 구석 하나 악한 것이라고는 손톱만큼도 없는 사람이었다. 필례는 흩어진 사지를 모아놓은 것을 움켜잡았다.

자신에게 천벌이 내려진 것이라 여겼다. 사할린 가미시스카 경찰서에서 수니 아버지의 사지를 수습해 장례의식을 해줬어야 했다. 그이의 원혼이 필례를 따라와 선장에게 달라붙어 이런 일이 생겼다고 여겨졌다.

"왜 아직 안 갔소? 내 아들 잡아먹은 것도 모자라 나마저 죽이고 싶소. 그 낯짝 보면 내가 죽겠소."

"장례는 치르고."

"남들 보기 무섭지 않소? 낯짝도 두껍지. 뭔 장례? 당장 가시오."

노파는 필례의 어깨를 잡고 뒤흔들었다. 필례의 몸통이 종잇장처럼 팔락거렸다.

선장의 몸은 사지가 흩어졌다. 겨우 사지를 수습해 몸을 맞춰놓기는 했지만, 염을 할 수 없을 정도로 짓뭉개졌다. 필례의 고집대로 흩어진 사지를 맞춰 꿰매고 염을 했다. 꿰매진 몸에 수의를 입히자 필례는 거기에 엎드렸다.

화장할 몸을 꿰매 달라고 주장한 것도 못마땅했지만 필례의 곡소리가 듣기 싫어 노파는 염 중간에 나가 버렸다. 발전소 일은 마음 내킬 때 나가고 새로 모은 배에 필례를 태워 밤마다 바다로 나가는 것이 보기 싫었다.

뱃사람들은 본격적으로 어부 노릇을 할 거면 조합원에 들던가, 라는 뒷말을 했다. 속생각은 자신들의 밥줄이 줄어들 것을 염려했다.

노파는 선장과 상의하지 않고 배를 팔아버렸다. 새로 모은 배라 내놓자마자 금세 팔렸다. 노파는 뭣에 씌운 듯 배를 팔아버린 자신을 자책할 겨를도 없이 필례가 대들자 그녀를 밀쳤으나 속으론 자신의 손목을 잘라내고 싶었다. 필례는 노파에게 장례를 치러주자고 했지만, 노파는 곧바로 화장터로 갔다. 노파는 화장터에서 돌아오자마자 필례에게 집에서 나가라고 했다. 수니가 짐을 꾸리는 동안 라라는 노파의 방으로 아장아장 걸어 들어갔다. 노파는 엄지손가락을 입에 넣고 빨고 있는 라라를 와락 껴안고 통곡을 했다.

평생 고독수를 등에 짊어지고 살아갈 팔자라고 했다. 태어나자마자 계모 밑에서 자랐고 열일곱 살에 혼자 사는 어부에게 시집와 일 년을 같이 살다가 바다에 가라앉은 어부대신 홀로 아이를 키웠다. 한겨울에 아이를 혼자 재워놓고 물질을 했다. 갓 잡은 생선을 말려 공판장에 내다 팔았다. 미역이 올라올 때면 미역을, 파래가 올라오면 파래를 널어 말렸다. 미역과 파래는 밑천 없이도 맨몸으로 가난을 넘어

설 수 있도록 효지게 올라왔다.

거친 바다 곁에서 부지런히 몸만 놀리면 돈을 만질 수 있었다. 아이는 그림을 잘 그렸지만, 아이를 도시로 내보내지 않고 품에 안고만 키웠다. 그러던 것이 결국 배 사내가 되어 원양 어선을 타고 노파 혼자 바다를 보며 살았다.

노파는 태어난 라라를 보고 홀딱 반했다. 고독수가 있는 팔자를 고쳐 여럿이 함께 어울려 살아보려고 욕심을 부렸다. 바다 덕분에 입에 풀칠하고 살았지만, 선장이 바다에 나가면 눈앞에 나타날 때까지 바다에 가라앉는 꿈에 시달려 늘 속이 검게 타들어 갔다. 특히, 아들을 홀라당 벗겨 먹는 필레가 밤에 아들을 꼬드겨 바다로 나갈 때면 더욱 속이 탔다. 배에서 애먼 짓 하다 배가 기우뚱거리며 뒤집히는 모습이 눈앞에 보이는 것 같아 애가 끓었다. 배만 없애면 될 것 같았다.

'이 어리고 말랑말랑한 품이 그리워 어찌 살까.'

노파는 아이 어깨가 젖어 들도록 꼭 안고 울었다.

필레는 부엌에 놓아둔 유골단지 뚜껑을 열었다. 손을 집어넣고 뼛가루를 만졌다. 미지근하고 부드러운 가루의 촉감이 느껴졌다. 흩어진 사지를 겨우 모았지만, 선장의 몸은 다시 흩어져 가루로 뒤섞였다. 어디가 머리뼈인지 갈비뼈인지 알 수 없었다. 필례는 가루를 후룩 뒤섞었다. 그의 몸 한 움큼을 집어 들었다. 면으로 만들어 놓은 주머니에 가루가 떨어지지 않도록 조심하며 뼛가루를 담았다.

필례가 부른 택시가 기찻길 건너편에서 요란스럽게 경적을 울려댔다. 필례가 노파의 방문을 열자 노파는 라라의 등을 떠밀곤 방바닥에 누워버렸다. 필례는 마루에서 등을 돌리고 누운 노파를 향해 섰다. 공수한 손을 어깨높이만큼 올려 몸을 굽혔다. 무릎을 꿇고 상체를 숙이고 큰절을 했다.

어릴 적 어머니와 함께 사할린으로 가기 위해 집을 나서던 날, 조부모에게 큰절했던 것이 생각났다. 인생이 무엇인지 모르고 되는대로 살아야 했기에 살았지만 이제 알 것 같았다. 어떤 사람에게는 처음부터 불행한 삶만 던져졌다는 것을. 천명을 거스르고 불우한 삶을 갈아엎으려다 곁에 있는 사람에게 피해가 간 거였다. 선장이 종이를 줬을 때 이곳에 오지 말았어야 했다.

택시를 타고 역전 근처 여인숙으로 갔다. 여인숙 여자는 시내에 번진 열차사고 소문을 들었다. 열차사고를 당한 원양 어선 선장이 필례의 사내라는 것을 알아차렸다. 여자는 필례의 등을 쓸어주었다.

"다 털어버리고 정신 차려 살아야지."

"살면 뭐가 달라집니까? 어떤 삶을 더 살아보겠다고 꾸역 꾸역 살아야 합니까?"

필례는 여자에게 질문을 던지는 것이 아닌 자신에게 내뱉듯 말했다.

"그럼, 죽나? 죽으면 뭐가 달라지는데?"

여인숙에서 사흘 동안 면 주머니를 안고 잠만 잤다. 수니는 라라를 누워 있는 필례 곁에 두고 날마다 어디론가 가 쏘다니다 저녁 늦게야 여인숙으로 돌아왔다. 여인숙 여자는 남아있는 잔금을 헤아렸다. 이제, 이틀 정도밖에 안 남았다. 잔금이 문제가 아니라 방 안에 송장처럼 틀어박혀 있는 필례가 못마땅했다.

어리석은 여편네, 내 말 듣고 굿이라도 했으면 병신으로래도 사람 목숨 빼앗기지는 않았을 것이라는 제 직감에 확신이 들었다.

'것도 지 팔자지.'

여인숙 여자는 마당 수돗가에서 땟국물이 흐르는 라라의 얼굴을 씻겨주며 속엣말을 하며 혀를 찼다.

얼굴을 씻기니 얄따란 살갗에 핏줄이 투명하게 비췄다. 얼굴은 말개졌지만, 목덜미에 시커먼 때가 밀렸다. 여자는 내친김에 라라의 옷을 모두 벗겼다. 수세미로 등을 밀자 지렁이처럼 때가 꿈틀거리며 밀려 떨어졌다.

"양놈들도 때가 시커멓구나. 삼복더위에 아 몸에 물 칠도 안 해줬나."

여인숙 여자가 평상에 앉아 라라의 어깨까지 치렁거리며 내려온 노랑머리를 빗겨주고 있을 때 수니가 여인숙 마당을 들어왔다. 수니가 와도 라라는 반갑게 달려가지 않고 밋밋하게 앉아 어미를 향해 고개만 돌렸다.

수니는 방으로 들어가 필례의 어깨를 흔들어 깨우고 종이를 펼쳐 보였다. 종이에는 거칠게 집의 형태가 그려져 있었다. 팔작지붕을 가진 일자로 긴 전통 가옥이었다. 수니는 선장이 준 문서의 집에 찾아가 봤는데 워낙 낡아 집을 허물고 다시 짓는 것이 나을 것 같다고 했다.

"집을 지을 돈이 어디 있다고?"

수니는 선장이 자신 앞으로 넣어준 통장을 보였다. 또, 선장의 죽음으로 인해 선장 앞으로 있는 재산도 선장의 호적에 올려진 라라가 상속자가 되었다고 설명했다. 그 돈을 합치면 집을 짓고도 남는다고 했다. 필례는 몸을 일으켜 선장의 통장을 펼쳐보았다. 그의 이름을 확인하고 통장을 가슴에 껴안았다.

"한순철. 그이 이름이었구나. 여태 이름도 몰랐네. 이름도 순하구나."

수니는 집을 지어줄 목수도 이미 구했고 일정도 잡혔다고 말하며 종이를 펼쳐 설명했다. 정면 3칸, 측면 3칸, 일자형 팔작집의 중앙 1칸은 별도로 앞부분과 연결해 커다란 거실을 만들어 정신 수련을 위한 공간으로 만들 생각이었다.

수니는 정신 수련원 안내장을 만들어 여인숙 여자에게 홍보해달라며 몇 장을 주었다. 목수와 일꾼들이 국내산 육송을 사용해 집의 기둥을 세웠다. 수도 공사와 서까래를 올리고 본격적으로 작업하는 날 여인숙 여자 주선으로 무당을 불렀다. 오색 지화, 쌓아 올린 떡과 과일, 삶은 돼지머리를 사 들고 가 고사를 지냈다. 맵시 있게 한복을 차려입은 무녀의 간드러진 소리를 듣던 필례는 어느 대목에서 울컥, 슬픔이 치솟아 올랐다.

지적지적 내리던 비가 멈추고 여름이 끝나가는 청명한 날들이 이어져 집을 짓는 일은 순조롭게 진행되었다. 거실 바닥과 벽에 편백 나무를 덧대자 집에서는 편백 나무 향이 짙게 풍겨 나왔다. 수니와 필례는 측면 방 한쪽에 돗자리를 펼쳐놓고 잠을 잤고 일꾼들을 도와 부엌과 화장실 공사를 도왔다.

3개 방의 바닥과 벽에 황토를 마감하고 배관공사가 끝났을 때, 청파집 노파가 라라를 데리고 왔다. 수니는 노파를 어떻게 설득했는지 노파는 이곳에서 함께 살기로 했다. 노파는 필례를 내보내고 혼자 바다 앞에 앉아 넋을 놓고 있었다. 한 계절이 지났을 때 수니가 찾아왔다. 노파는 고민도 없이 즉각 수니의 제안에 응했다. 무엇보다 보드라운 라라의 살결이 그리워 거뭇하게 마른 제 팔을 쓸었다. 수니는 선장의 방 책상에 있던 만다라 그림이 그려져 있는 책과 선장이 스케치해놓은 스케치북 다섯 권을 챙겼다. 집을 짓는 동안 라라를 데리고 있다가 오라며 주소를 줬다.

마당까지 다져놓고 필요한 이불과 부엌 집기들이 자리를 잡아갈 때, 여인숙 여자의 소개를 받고 찾아온 신경쇠약증과 우울증을 앓고 있는 여자와 보호자가 찾아왔다.

Ⅲ부

1. 검은 유리

표면이 검은 사각형. 평면적인가, 아니다, 입체적이다. 모든 걸 흡수해버리는, 빛과 소리를 삼켜버린 검은 유리 같고, 함정 같다. 검은 석함, 묘인가. 아니다, 검은 쇠. 차가운 그 속에 갇혔다. 손을 뻗어 휘저으면 무겁고 검은 콜타르가 몸을 휘감았다. 허우적거릴수록 진득한 검은 더미에 삼켜졌다. 하루하루 시간이 지날 때마다 입이 바짝바짝 말랐고 속이 새카맣게 타들어 갔다. 희망도 빛도 보이지 않았다. 그런 공간과 시간에 갇혀버렸다. 죽고 싶었지만, 뱃속에서 꿈틀거리는 생명체로 인해 죽을 수도 없었다. 유리 보리소비치 스미르노프와 나의 아기.

라스팔마스에서 출항한 태극호가 1971년 12월 3일 속초항에 도착했다고 했다. 그러니깐 수니 할머니가 원양 어선의 차디찬 창고 바닥에 웅크려 태평양을 지날 때는 11월이었다. 얼마나 춥고 무섭고 두려웠을까. 수니 할머니는 살아남기 위해, 미치지 않고 살아내기 위해 패턴을 그렸다고 했다. 눈을 부릅떠도 칠흑처럼 캄캄한 곳에서 검은 사각형 위, 황금 태양, 분홍 꽃잎, 녹색 잎사귀를 그렸다. 수니 할머니는 일기 몇 개 적은 푸른 노트를 나에게 줬다. 대부분 엄마 라라를 낳고 청파집에서 쓴 것들이라 했다. 필례 할머니의 폭신한 무릎에 기대 얘기를 들을 때는 그저 신기했다. 외모가 이렇게 다른데 혈통을 이어받은 친할머니라는 것이. 필례 할머니와 수니 할머니의 살아온 일생을 연대별로 정리하다 나는 가슴이 너무 아렸고 먹먹해졌다.

모델리아 실장의 소개로 만난 정 감독은 찬찬히 자신의 기획에 관해 설명했다. 그는 해방이 되던 해인 1945년, 사할린의 여름과 그들의 후세에 관한 다큐 영화 형식의 영상 기록을 남기고 싶어 했다.

"그런 거 볼 사람이 있을까요?"

"꼭 많은 사람이 봐야 하는 법은 없어요."

아니, 그런 영화를 왜 찍나요, 내 표정을 살피던 감독은 커다란 눈을 천천히 감았다 뜨고 덧붙였다.

"이렇게 생각해보세요. 깊은 계곡에 돌이 있는 것처럼 있는 그대로 남겨두고 싶거든요."

"그래도 상업적으로 성공하시려면."

"이런 작업에 상업적 성공은 좀."

난 사실 감독의 의도를 충분히 이해하지 못했다. 그런 상태로 감독, 스텝 몇 명과 함께 수니 할머니의 편백 나무집으로 찾아갔다.

의외로 수니 할머니는 정 감독의 제안을 흔쾌히 수락했다. 감독의 의도 또한 정확하게 이해했다. 감독은 수니 할머니의 인터뷰 부분과 내 독백이 중심 구조이며 팔구십 분 정도 중편 필름이라고 했다.

"재미 위주도 아닌데 길면 지루하죠. 그래도 그림은 좀 돼야 할 텐데. 피레나가 살았을 때 했으면 좋았을걸. 그녀는 뼛속까지 러시아식으로 스며들어서."

"에이, 그때가 언제예요? 그때, 저 열 살 꼬맹이였어요."

감독의 대답에 나는 놀랐다. 남자들 얼굴을 봐선 나이를 짐작 잘 못 했는데 감독 나이가 내 또래라는 것과 젊은 사람이 남들이 관심도 없는 역사적 비극 사건에 관심을 뒀다는 사실도 놀라웠다. 수니 할머니가 긍정적으로 대답한 후부터 감독 옆에 앉아 카메라를 들고 있던 조연출이 카메라를 켜 놓고 수니 할머니의 얼굴을 줌인했다.

"여기 공간도 좋고 수니 할머님도 좋으세요, 유리 씨 표정도 좋고."

"우리 유리는 겉껍질은 저래도 우리 넷 중 가장 한국적 정서를 가졌어요."

"그런가요? 그거 새로운 정보네요. 예산 더 늘어나면 함께 러시아에도 방문하시고, 어디 가고 싶으세요?"

수니 할머니는 갑자기 입을 꼭 다물고 대답하지 않았다. 커다랗고 주름진 눈으로 감독의 카메라 렌즈를 뚫어지게 쳐다보다 고개를 숙였다.

"카메라 불편하세요? 치울까요?"

"그게 아니라."

수니 할머니가 울 것 같은 표정으로, 금세 축축해진 눈동자를 들고 카메라를 정면으로 바라보았다.

"하바롭스크, 아무르강에 가보고 싶어요, 데려다주세요."

아무르강으로 걸어 들어간 러시아 남자, 나의 외할아버지 유리 보리소비치 스미르노프. 키가 훌쩍 크고 수니 할머니를 유리 인형 대하듯 호호 불며 안고 다녔다는 남자. 우리 셋은 아무 말도 하지 않았다. 대관령 산기슭에서 서울로 돌아오는 길에 감독이 나에게 말했다. 목이 콱, 잠겨 눅눅한 목소리로 말하는 수니 할머니의 표정, 참 슬프고 아름다웠어요, 그렇지 않나요? 유리 씨 표정도 그래요.

나는 노트북을 옆으로 밀쳐두고 접이식 탁상거울을 당겼다. 비스듬히 기울어진 거울 속에 헤나로 염색해 새카만 머리카락의 얼굴이 담겼다. 앞을 일자로 자른 머리카락을 들여다보고 있으면 엄마 라라, 수니 할머니와 필레 할머니의 모습이 겹쳐 보였다. 그리고 환각처럼 숲이 보였다. 수니 할머니가 아무르강을 떠올리듯이 나는 숲을 떠올렸다. 각도가 낮아진 오후의 햇살이 나무 아래를 비추는 고요한 숲이었다. 그늘진 나무를 뒤덮은 축축한 이끼를 손으로 만졌다. 수혁과 나란히 앉아 그림을 그렸던 시간이 꿈처럼 여겨졌다.

시간을 되돌릴 수 있다면 그 숲의 시간으로 돌아가고 싶었다. 소나무에 등을 기대고 앉아 발목을 콕콕 찌르고 지나가는 풀벌레를 바라보던 시간.

베이킹소다 넣은 분무기로 거울에 물을 뿌렸다. 젖은 수건으로 가루가 묻은 거울 표면을 닦았다. 순정한 시간으로 돌아간다면 하얀 스케치북에 검은 구름 따윈 그리지 않을 것이다. 하얗고 깨끗한 구름을 그릴 것이다.

　편의점 앞에 서서 푸른 신호를 기다렸다. 사십 도를 웃도는 폭염으로 거리의 모든 상점은 문을 꼭꼭 닫았다. 유리문 안쪽 공간에서는 서늘한 기운이 느껴졌다. 실제로 유리창 안쪽에 앉은 카페 손님은 긴 팔 카디건을 걸쳤다. 폭염이 쏟아지는 거리 편의점 앞은 에어컨 실외기가 내뿜은 열기로 숨이 막힐 것 같았다. 하늘을 올려다보았다. 더위로 구름마저 두꺼운 목화솜처럼 덥게 느껴졌다.

　"유리 씨 어머니, 또 전화하셨어요. 많이 오해하시는 것 같은데, 잘 좀 설명해주세요."

　"네, 감독님. 죄송해요."

　"지난주에 드린 건 안 주셔도 괜찮아요. 그런데 또 요구하는 전화를 받는 건 좀 불편하네요."

　정 감독은 사흘 동안 문자와 전화가 여러 번 왔다고 말했다. 엄마는 영화를 찍는다는 말에 엄청난 상업영화를 찍는 것으로 여겼다. 독립다큐멘터리 영화고 출연료가 소액이라는 말에 감독에게 연락했다. 감독은 엄마에게 시달리다 대출까지 받아 예상 경비에 없었던 출연료를 줬다. 그런데 다큐멘터리 내용이 수니 할머니와 필례 할머니, 엄마 라라와 나에 관한 연대기라는 말에 영화 소재에 관한 저작권료를 요구했다.

하늘을 올려다봤다. 바람이라도 불면 구름이 흩어져 머리 위로 쏟아져 내릴 것 같았다. 검은 유리 앞에 앉아 떠올리던 숲에서 보던 구름이었다. 하늘에 뭉쳐 떠 있는 구름을 일, 이분 계속 쳐다보면 구름은 비현실적으로 보였다.

지금 서 있는 곳이 꿈처럼 여겨졌다. 순간, 땅이 흔들렸다. 고개를 숙이니 보도블록 다이아몬드 무늬가 엇갈렸다. 엇갈려 틈을 벌린 땅속으로 파묻히고 싶었다. 현기증이 났고 토할 것 같았다. 무릎을 꺾고 주저앉았다. 지나가는 사람들이 나를 힐금거리는 시선이 느껴졌다. 한 남자가 다가왔다.

"괜찮아요? 도와줄까요?"

그는 영어로 말했다. 괜찮아요, 기다리는 사람 있어요, 라고 나는 머리칼을 쓸어 넘기며 한국어로 또박또박 발음했다. 저쪽에서 당황해 머리를 긁적였다. 남자는 걸어가다가 뒤돌아봤다.

엄마에게 전화했다. 신호음이 열 번이 넘게 들리도록 전화를 받지 않았다. 수십 통 부재중 전화 알람이 떴을 것이지만 고의로 전화를 받지 않는 것이 분명했다. 음성을 남겼다.

'엄마가 정말 내 친엄마라면 이럴 수 없어. 전화 좀 받아.'

다시 전화를 걸었지만, 받지 않았다.

나는 엄마의 자궁에 다섯 번째로 들어갔다. 네 명의 태아가 자궁에 자리를 잡았지만 모두 유산되었다. 처음에는 정기검진 때 태아의 심장박동 소리가 들리지 않았다. 세 번째와 네 번째는 기침만 세게 해도 밑으로 덩어리가 후룩 밀려 내려오는 느낌으로 라라는 유산임을 알았다. 아이에 대한 집착이 강했던 때라 휴지기 없이 몰아서 임신과 유산을 거듭했다. 몇 번의 유산을 경험한 첫 번째 남편은 습관성 유산이 라라가 마신 독주 탓이라 말하며 이혼을 요구했다.

라라는 망설이지 않고 구질구질한 집구석에서 나와 버렸다. 라라는 자신이 마음만 먹는다면 깊은 산속 절의 스님 승복도 벗길 수 있다고 확신하는 여자였다. 의사는 임신이 되지 않도록 주의하라고 했다. 주의 줬던 의사가 라라의 두 번째인지 세 번째 남자인지 알 수는 없었다.

위자료를 못 받은 라라는 놀이공원 퍼레이드에서 왕비 역할을 맡았고 틈틈이 플라멩코를 배워 공연했다. 기타리스트였던 남자에게 춤을 배웠지만, 플라멩코를 안 춰도 될 때 그와 동거를 끝냈다. 그가 안달루시아가 아닌 파키스탄 출신이라는 것이 헤어지는 억지 이유였다.

　라라의 표현대로라면 어떤 남자는 고양이처럼 말없이 떠났고 어떤 남자는 라라의 손에서 보드카 병을 빼앗아 화장대에 던져 거울을 깨고 떠났다. 라라에게 커피 볶는 법과 내리는 방법을 알려준 바리스타는 세상을 떠도는 자로 자신의 씨를 뿌리는 것을 원치 않았다. 그다음 남자부터는 라라는 기억하지 않았고 남자들도 라라에게 책임감을 느끼지 않았다.

　라라는 다섯 번째로 잉태했다. 아기를 고대하고 기다렸던 시간이 아닌 자신의 몸을 간수 하기도 힘든 시간이었다. 모든 것이 틀어져 버렸다. 라라 자신도 아기의 아버지가 세탁소를 운영하던 남자인지 횟집 사장인지 알 수 없었고 주장할 수도 없었다. 라라는 뱃속에서 태아가 움직이는 태동을 느꼈지만, 습관성 계류 유산이 될 것이라 여겼다. 독주도 끊지 않았고 허전한 침대로 남자를 끌어들였다.

　배가 봉긋하게 솟아오를수록 독주를 마시면 위에서 받아들이지 못하고 저절로 토해졌다. 독주를 토해내고 나서야 덜컥, 겁을 먹었다. 아랫배에 힘을 주고 기침을 세게 하고 음식을 끊고 달리기를 해도 아기는 떨어지지 않았다.

음식을 끊을수록 뱃속 태아는 더 밀착해 달라붙었다. 손에 쥐고 있는 돈이 없어도 따뜻한 음식을 먹고 싶었다. 걸핏하면 매콤한 것이 먹고 싶었고 저절로 배를 감싸고 헐렁하고 따뜻한 스웨터를 찾아 입게 되었다. 악착같이 매달려 떨어지지 않은 아기를 대관령 서쪽 산기슭에 있는 편백 나무 집에서 낳았다.

자작나무 숲과 먼 산의 경계가 또렷하지 않을 정도로 세상이 하얗게 눈으로 뒤덮었을 때 라라는 자기를 쏙 빼닮은 여자아이를 낳았다. 그렇게 원할 때는 후룩 미끄러지다 손에 아무것도 없을 때 누구의 씨인지도 주장할 수 없을 만큼 자신만을 빼닮아 태어난 아기를 쳐다보기도 싫었다.

라라는 탱탱 부풀어 오르는 젖가슴을 머플러로 가리고 눈이 녹지 않은 산 아래로 내려갔다. 젖이 돌았다. 손님이 부른 테이블에서 술을 마시다가도 화장실로 가 가슴을 풀어 헤치고 젖을 짜냈다. 젖이 흘러 얼룩이 진 앞섶을 빨다가 문득 아기를 떠올렸지만, 아기를 보기 위해 대관령으로 가는 버스를 집어 타지는 않았다.

돈은 벌어도 술값으로 화장품과 옷값으로 흩어졌다. 손님을 상대하며 속도를 조절해 술을 마셔야 하는데 손님보다 더 많이 마시고 더 빨리 취했다. 손님에게 대놓고 돈을 요구하기도 했다. 서로들 지정해 놓은 각자의 단골은 건드리지 않는 기본적인 약속도 지키지 않아 함께 일하는 여자들에게 몰매 맞았다.

다행히 몸의 곡선이 허물어지기 전에 제사공장 사장 눈에 띄어 제사공장 사장의 지하에 있는 방으로 들어갔다. 후줄근한 녹색 작업복을 입고 어두침침한 형광등 아래에서 천을 맞대어 박음질하는 것이 성미에 맞지 않았지만 제사 공장의 마음을 휘어잡기 위해 입술을 깨물며 참았다.

수혁을 봤을 때 유리 진을 데려와야겠다는 생각이 들었다. 수니와 필례는 유리 진을 학교에 보낼 생각도 안 하고 있을 터였다. 유리 진은 다행히 기본적인 글씨 쓰는 법과 산수를 배웠다. 이십 년 전 거울을 꺼내 보는 듯 자신과 똑같은 유리 진을 보자마자 돈을 더 많이 가져야겠다는 생각이 들었다. 세상에서 믿을 수 있는 건 사람도 사랑도 아닌 돈뿐이라는 것을 뼈저리게 실감했다고 단단히 믿었다.

"아빠는 어떤 사람이에요?"

"어떤 사람이 뭐 그리 대수라고. 중요한 것은 내가 너를 낳았다는 거야."

라라는 유리의 아버지가 누구인지 알려주지 않았다. 어쩌면 라라도 유리의 아버지가 누구인지 확신할 수 없을지도 몰랐다. 곧 있으면 시작될 밤 동안 외롭지 않게 독주를 마시고 몸을 데워줄 누군가의 손길이 필요했다. 더 중요한 것은 당장 눈앞에 쓸 수 있는 현금을 얼마나 가지고 있냐는 거였다.

"엄마, 난 누구야?"

"그게 뭐가 그리 중요한데? 넌 내가 누구인지 말해 줄 수 있니?"

엄마는 나에게 급하게 돈 쓸 일이 있다고 문자를 보낸 후 전화를 받지 않았다. 엄마는 늘 돈이 필요했고 급하다고 했다. 다큐멘터리 영화가 어떤 내용인지의 관심보다는 대형 회사에서 기획 투자를 받는지, 어디서 협찬을 받는지에 관심이 더 많았다. 나는 정 감독을 만나보지도 않고 전화로 돈을 요구했고 기어이 돈을 받았다는 엄마가 창피했고 부끄러웠다.

2. 혈통

바람이 헐렁한 스웨터의 틈 사이로 들어왔다. 틈새로 바람이 들어오는 것과 마찬가지로 삶에 틈이 생기면 슬픔부터 들어찼다. 양화대교 다리 난간 앞에서 스웨터의 앞자락을 여몄다. 택시요금 미터기에서 철컥, 하며 요금이 올라갈 때마다 숨이 턱턱 막혔다.

택시 기사에게 양화대교 입구 주유소 앞에서 세워달라고 했다. 택시 기사는 목적지인 합정역까지 다리만 건너면 되고 얼마 안 남았다고 했다. 나는 돈이 모자란다고 말했다. 택시 기사가 여기는 차 세우는 곳이 아니라며 투덜거리며 택시를 세웠다.

양화대교의 인도를 걷다가 난간에 기대 강 아래를 내려다보았다. 텁텁한 바람이 올이 굵은 스웨터 틈 사이로 들어왔다. 삶에 틈이 생기면 슬픔부터 차올랐다. 그렇게 말한 사람은 피레나, 필례 할머니였다.

필례 할머니는 추위를 많이 탔다. 특히, 바람을 무서워했다. 추위를 타고 바람을 무서워하는 것은 오래전 혹독한 추위를 경험했고 추위를 알고 있기에 단련이 되었어도 선뜩한 바람이라도 불면 곧바로 몸이 알아차리고 움츠려진다고 했다.

네다섯 겹으로 옷을 껴입고 장갑을 낀 할머니는 볕이 좋은 날 뒷마당에서 낙엽을 태웠다. 마당은 하루 반나절만 쓸어내지 않으면 금세 낙엽이 쌓였다. 잎이 굵은 플라타너스가 툭툭 소리를 내며 떨어졌다. 바삭거리던 낙엽에 불이 붙어 낙엽 타는 냄새가 바람을 타고 마당 구석으로 번졌다.

할머니는 손잡이 끝을 천으로 감은 쇠막대기로 태워지고 있는 낙엽을 뒤적거렸다. 탁탁 소리를 내며 도토리 껍질이 벌어졌다. 필례 할머니는 낙엽 속에서 검게 그을린 굵은 돌을 건져내 마당 한쪽에 던졌다. 불에 타서 재로 남는 것, 웬만한 불에도 태워지지 않는 것은 각각의 성분이 다르기 때문이라 했다.

"사람도 고루 같지 않고 다 다르다. 다르지만 제 운명을 알아보는 순간이 있어."

할머니는 쇠막대기를 겨드랑이에 끼우고 장갑을 벗었다. 손가락에 끼워진 여러 개의 반지를 만지작거리며 나에게 보여줬다. 보랏빛이 도는 백금 루비 반지에 입김을 불어 루비 알을 닦았다. 할머니는 원양 어선에서 선장을 만났을 때 직감으로 그가 자신을 바다에 내던지지 않고 보살펴줄 사람이라는 것을 알아차렸다고 했다.

"배를 탔나요?"

"그 사람이 바다에 손을 넣고 휘저으면 손끝에 물고기가 달라붙어 올라왔어."

할머니는 내 질문에는 대답하지 않고 시선을 하늘에 두고 할머니가 떠오르는 것과 하고 싶은 말만 했다. 필레 할머니는 최근의 일들은 잘 기억하지 못했지만, 어느 시절, 어느 순간의 일은 어제의 일처럼 기억했고 그 순간만을 떠올렸다. 그와 살았던 시간이 짧은 순간이었지만 행복한 시절이라고 했다.

그를 만나게 해주려고 억센 운명이 할머니를 남태평양에

있는 섬까지 데려다주었다고 했다. 필례 할머니의 딸 수니 할머니 또한 제 몸보다 아껴주었던 사랑하는 남자 유리를 만났다고 했다. 필례 할머니는 혈통을 이어받은 나에게도 일생에 잊을 수 없는 꽉 찬 사랑을 만날 것이라 예언해주었다.

수니 할머니의 기도원에 머무는 사람들은 필례 할머니가 노망이 들었다고 했지만 나는 필례 할머니가 삶을 정리하면서 가장 빛났던 순간을 기억하고 세상과 작별할 준비를 하고 있다고 생각되었다. 사람들은 누구나 자신이 가장 좋았던 때를 기억하고 되살려내고 싶어 한다. 필례 할머니가 나에게 해준 운명적인 사랑에 대한 예언만을 내가 기억하는 것처럼.

숲에서 그림 그리는 방법을 가르쳐주었던 수혁의 입김이 내 입속으로 들어왔을 때 나는 알아차렸다. 필례 할머니가 말하는 사람이 수혁이라는 것을. 할머니들의 혈통을 이어받았기에 직감으로 알아차릴 수 있었다.

교복을 입은 세 명의 여학생에게 둘러싸여 머리카락이 잘려나갔을 때 수혁이 욕실에서 내 머리카락을 가지런히 잘라주었다. 그때, 운명적인 사랑을 떠올렸다. 청년 유리 보리소비치 스미르노프가 수니 할머니를 무릎에 올려놓고 머리카락을 빗겨주는 모습이 수혁과 나를 비추는 거울 속에 보였다. 애들이 나를 괴롭힐 때마다 주위를 두리번거렸고 수혁을 찾았다. 그 애들은 나와 같은 초등학교를 육 년 동안 같이 다녔던 애들이었다. 초등학생 때에는 단지 신경 쓰이고 재수 없었던 내가 중학생이 되면서부터는 상처를 내고 싶은 대상으로 변했다.

육 년 동안 노랑머리 보는 것 재수 없었어. 셋 중 누군가 후드 티셔츠 주머니에서 커터 칼을 꺼냈다. 차르륵, 커터 칼 올리는 소리가 들렸고 내 머리카락이 잘려 바닥에 떨어졌다. 순식간에 일어난 일이라 나는 저항할 엄두도 내지 못했다. 양쪽에서 내 겨드랑이 잡고 있던 애들이 키들거렸다.

'머리가 완전 미친년이네. 괜찮아, 또 자랄 텐데 뭐, 노랑머리로.'

'수학이 널 보며 침 흘리는 거 보고 너도 즐겼지?'

'수컷 선생들이 수업 시간에 왜 교탁에 바짝 서 있는 줄 알아?'

'너 때문에 꼴린 거야. 너 쳐다보며 거기를 꾹꾹 누르는 거 다 봤어.'

'창가 끝자리에서 보면 다 보이거든. 너 진짜 재수 없으니까 전학 가든가 자퇴해. 술집서 너 대환영할 거야, 구린내 나는 아저씨들한테 사랑받을 거야.'

그 애들을 뿌리칠 때 칼을 든 아이의 손이 내 팔을 스쳐 셔츠로 피가 튀었다. 피가 흘러도 아픈 줄 모르고 나는 셋 중 한 명에게 달려들었다. 그 애의 머리칼을 나처럼 칼로 잘라내지는 못했지만, 머리카락을 움켜쥐고 쥐어뜯었다. 한 명에게만 매달리자 남은 두 명이 나를 떼어내려다 교복 상의가 뜯겼다.

폐쇄된 공장으로 갔다. 자물쇠가 달린 쇠문에 기대앉아 하늘을 노려보았다. 엄마가 제사공장 여공들에게 몰매 맞았을 때 나는 왜 앉아서 당하기만 했냐고 화를 냈다. 알 것 같았다. 지금이야 세 명이지만 열 명, 열다섯 명이 한꺼번에 달려들면 당해내지 못했을 거였다.

수혁이 검은 비닐봉지를 들고 곁에 털썩 주저앉았다. 수혁이 솜을 꺼내 소독약을 묻혀 내 팔에 흐르는 피를 닦았다. 연고를 바르고 반창고를 붙여줬다.

"잘 싸우더라. 다음부턴 기다리지 말고 먼저 덤벼들어."

차분하게 손을 움직이는 수혁을 보자 참았던 눈물이 흘렀다.

"눈에 불을 켜고 덤벼들면 돌 아이 취급할 거야. 첫 번째가 중요해. 당하고 있으면 계속 달려들 거야. 좀 찢기도 상처 나더라도 독하게 덤벼들어."

수혁이 나를 일으켰다. 다행히 엄마는 집에 없었다. 아줌마는 부엌에서 열무를 다듬고 있었다. 인기척에 고개를 돌렸지만 이내 고개를 숙이고 열무 다듬었다. 우리는 이 층 욕실로 갔다. 수혁이 나를 거울 앞에 세워두고 허리께까지 치렁거리는 막 잘린 머리카락을 잘랐다.

머리를 한데 묶어도 정수리 부분에 칼로 잘린 머리카락이 비쭉 솟았다. 나는 옷을 갈아입고 미용실에 가서 머리를 짧게 커트하고 블랙으로 염색했다. 그 후론 속에서 블론드가 올라오면 블랙으로 염색했다. 머리카락을 블랙으로 염색한 후에도 아이들은 나를 불러냈고 어둑하고 후미진 골목에서 나를 기다렸다.

그들은 세 명이거나 네 명이었고 나는 매번 한 명에만 매달렸다. 더 상처 입고 당하는 쪽은 나였지만 한바탕 싸우고 나면 사나흘은 잠잠했다. 골목에서 교복 입은 아이들 무리를 만나기만 해도 몸의 근육이 긴장했다. 블랙으로 염색할 때마다 오른쪽 팔 바깥쪽에 난 상처를 만졌다. 나는 수혁이 약을 발라주던 손길을 떠올렸다. 수혁 덕분에 버텨낼 수 있었다.

버터가 녹는 냄새, 노릇노릇 구워진 식빵에 버터가 닿는 냄새에 잠이 깼다. 눈을 떴을 때, 전기 믹서기에서 뭔가 분쇄되는 소리가 요란하게 들렸다. 몸을 일으켰다. 베개도 없이 침대 한쪽으로 치우친 채 누워 있었다. 여름용 얇은 이불이 바닥에 떨어져 있었다. 나는 다급하게 몸을 일으켜 바닥의 이불을 잡아당겨 덮었다. 침대에 누운 채 옷을 찾았다. 낮은 서랍장 위에 쌓아놓은 책들 옆에 책처럼 착착 개켜져 있었다. 어쩜 옷을 책처럼 각지게 접을 수 있어. 수혁다웠다. 다각다각. 유리그릇에 포크 닿는 소리가 들렸다. 혹시, 식탁을 차려놓고 깨우지 않을까. 수혁이 침대로 다가오길 기다리다 다시 잠이 들었다. 정신을 차렸을 때 밖은 조용했다. 식탁 위는 전날 밤과 똑같이 깨끗했다. 가지런히 놓여있는 구두를 신고 밖으로 나갔다. 출입문을 닫고 복도를 걷다 다시 문 앞에 섰다. 도어 록을 올리고 비밀번호를 눌렀다. 틀렸다는 신호음이 울렸다.

3. 간신히 매달려 있는

필례 할머니는 말했다. 생전 어디든 지옥 곁이었다고. 지옥에서 벗어나려고 안간힘을 썼고 그곳에서 벗어나 돌고 돌아와 속초항에 첫발을 디뎠을 때 진눈깨비 사이로 보이던 속초항이 천국으로 가는 길목처럼 여겨졌다고 했다.

엄마 라라가 태어난 바다가 시작되는 청파집 마당이 천국이었다고. 지옥을 경험했기에 천국을 알아봤다고. 그 말을 들었을 때 나는 지옥 곁에 선 마음을 헤아리지 못했다. 이젠 알 것 같았다.

열일곱 살, 남학생 세 명에게 끌려가 폭행을 당했다. 여학생 무리의 폭력과는 비교할 수 없이 강력했다. 단 몇 시간 동안 나는 강력한 지옥을 경험했다. 무작정 대관령으로 가는 시외버스를 탔다. 대관령에 내렸지만 수니 할머니한테 갈 수 없었다. 나는 버스를 다시 타고 구불거리는 대관령을 내려왔다. 시외버스 터미널에서 나와 광장을 가로지를 때, 빨간 풍선이 허공으로 날아오르는 것을 보았다. 풍선은 석유 냄새가 나고 경적이 울리는 광장 하늘로 꾸역꾸역 올라갔다. 천천히 하늘로 올라가다 결국 점이 되어 보이지 않을 때까지 나는 고개를 쳐들고 바라보았다. 내가 들고 있었던 풍선도 아닌데 나는 내 빈 손바닥을 펼쳐보았다.

'그래 언제든 놓아버리고 싶을 때 놔 버리자.'

그 이후로 빨간 풍선을 놓아버리는 심정으로 살았다. 가끔 하늘로 올라가던 풍선을 떠올렸다. 올라가고 올라가다 어느 지점에서 기압을 견디지 못하고 터져버렸겠지. 사라졌겠지.

정 감독은 필례 할머니 역을 맡은 배우가 도착하려면 시간이 남았으니 영상센터 식당에서 식사하고 오라고 했다. 백반은 칠천 원이었다. 나물 반찬 몇 가지와 계란찜, 미역국을 작은 쟁반에 담아주었다. 나물은 간간했고 희미하게 마늘 맛이 났다. 굵은 미역은 미끈거렸고 조선간장에 오래 끓여 깊은 맛이 났다. 주방 아줌마의 손맛이 수니 할머니의 식탁을 떠오르게 했다.

　나는 젓가락으로 굵은 멸치로 간을 맞춘 시래기나물을 집어 들었다. 나물 사이로 대관령 서쪽에 있는 자작나무 숲이 보였다. 혹독한 추위를 견뎌내느라 하얗게 질린 자작나무 숲 사이에 버섯을 찾느라 나무 밑동을 살피는 수니 할머니의 모습이 보였다. 할머니의 판단으로 단식을 해야 하는 여자들에게 할머니가 구해온 차가버섯을 달인 물을 마시게 했다. 수니 할머니는 차가버섯이 몸에 있는 독소를 배출한다고 했다. 수니 할머니는 근거는 미약하지만, 왠지 믿음이 가는 민간 처방이나 약초 지식, 미신적인 것을 많이 알고 있었다.

　마당에서 안으로 들어오는 현관 입구에는 잎이 달린 대나무 가지와 소금 단지가 놓여있었다. 기도원에 처음 들어오는 여자들에게 혹은 장례식장에 다녀온 날, 시장이나 거리에서 무섭고 지저분한 것을 본 날에는 대나무 가지에 굵은 소금을 묻혀 세 번에 나눠 몸통을 가볍게 쳤다. 그리고 소금을 집어 머리에 뿌렸다. 여름 모기를 쫓아낼 때, 장마로 대기가 눅눅하고 습하면 마당에서 쑥을 태웠다. 놋대야에 불이 붙은 쑥을 거실에 들여놓기도 했다. 욕실 앞에는 늘 마른 어성초와 개똥쑥을 담아놓은 커다란 바구니가 놓여있었다.

여자들은 물을 끓인 주전자를 들고 쑥을 한 바가지씩 퍼서 욕실로 들어갔다. 편백 나무 향 사이로 쑥 향이 뒤섞여 눈이 매웠다. 수니 할머니에게선 늘 쑥 태우는 냄새가 났다.

안녕하세요. 저는 유리 진입니다. 저는 두 명의 할머니와 함께 살았습니다. 필례 할머니가 수니 할머니를 낳았고, 수니 할머니가 엄마 라라를 낳았고, 엄마 라라가 저를 낳았습니다. 저는 한국계 러시아 쿼터 혈통입니다. 필례 할머니는 수니 할머니를 러시아 사할린에서 낳았습니다.

몇 문장의 독백으로 시작되는 영화였다. 감독은 나에게 편안하게 말하듯 자연스럽게 말하라고 했다. 스무 명도 넘는 스텝들이 숨소리마저 죽인 조용한 가운데 대본을 읽는데 온몸에 소름이 돋았다.

"그런데 정 감독. 내가 확인해야 직성을 풀려서 말이야."

"네, 말씀하세요."

"이 다큐 영화, 저예산 독립 영화고 투자도 못 받았대서 우린 최소한의 출연료만 받기로 했잖아? 그런데 쟤는 계약금 삼천만 원 받았다며? 내 삼십 년 넘는 배우 생활 경력에 이런 기괴한 경우는 처음이네."

필레 할머니 역을 맡은 배우가 카랑카랑한 목소리로 말하며 나를 지목했다.

"얘! 너, 혹시 내가 모르는 엄청난 영화 찍었니? 외국 유명 배우야?"

"아, 아니요."

나는 엄마가 감독에게 조르고 졸라 돈을 받았다는 것은 알았지만, 받은 금액을 몰랐다. 할 수 있다면 어디론가 숨고 싶었다. 발간 풍선처럼 허공으로 사라지고 싶었다.

"저, 그 돈은 제가 급해서 빌린 겁니다."

내 목소리는 웅웅거렸다. 긴장한 모습이 역력하다는 것을 알아차린 감독이 십 분만 쉬자고 말했다. 나는 옆방 탈의실로 갔다. 청록색 아라베스크 무늬가 수놓아진 카펫에 멈춰서 거울에 머리를 기댔다. 거울의 반대편에 비추어진 거울 속에 뺨이 붉게 상기된 모습이 낯설었다.

거울에 머리를 부딪쳤다. 머리를 떼어내고 더 세게 머리를 박았다. 지금 당장 이곳을 나가버리면 어떻게 되는 것일까. 다음 주에는 대관령 산자락 수니 할머니에게 가는 일정이었다. 필레 할머니의 죽음으로 이 세상에 없기에 전문 연기자가 역을 하기로 했다. 필레 할머니 역을 맡은 배우는 텔

레비전을 안 보는 내게도 얼굴이 익숙했다. 수니 할머니가 가능하면 수니 할머니가 인터뷰 형식으로 영화에 나온다고 했다. 오늘은 나의 독백, 필례 할머니의 폭넓은 치마 무릎에 머리를 기대고 운명적 사랑에 대한 예언을 듣는 장면 대본 낭독 연습이었다.

* * *

바람의 결이 달라졌다. 눅눅했던 습기가 사라졌다. 쾌적한 바람으로 여름이 끝났다는 것을 알 수 있었다. 지독하게 더운 여름이었다. 끈적끈적하고 더러운 여름이었다. 커터 칼로 교복 넥타이와 내 머리카락을 잘라내던 아이들의 악담처럼 내 몸은 비대해졌다. 사람들은 날씬한 허리라고 부러워했지만, 허리와 옆구리에 불룩하게 살집이 잡혔다. 나는 몸에 살이 붙는 걸 견딜 수 없었다. 소식했지만, 식탐을 이길 수 없어 과식하게 되면 그날 밤은 꼭 속엣것을 토해냈다. 수니 할머니의 요리를 먹을 때는 과식을 한 적이 없었고 모든 것이 평온했고 안정적이었다.

수니 할머니는 엄마 라라가 나를 학교 입학을 위해 대관령 기도원으로 찾아왔을 때 처음에 반대했다. 의무교육이었지만 교육을 받아야 하는지 의문이라고 했다. 수니 할머니는 내가 할머니 곁에서 사는 것이 더 행복할 것이라고 말했다. 엄마는 할머니의 말에 기막혀하며 학교 교육을 받아야 내가 직업을 선택할 수 있는 폭이 더 넓어진다고 했다. 수니 할머니는 어떤 직업을 가질 수 있는지 그 직업을 얻게 되면 유리가 과연 행복할지 생각해보라고 했다.

엄마는 수니 할머니의 말을 무시했다. 이 나라에 살면서 교육은 안 받고 어떻게 살아가게 하려고, 이 산 구석에서 애를 들개처럼 키울 작정이냐고 했다. 나는 대관령 산자락에서 벗어난 생활을 생각하지도 않았다. 그래서 오히려 도시에서의 생활이 멋질 거라 여겼다. 무엇보다 엄마 곁에서 함께 살아간다는 것에 마음이 부풀었다. 엄마 라라에게서는 세련된 향수 냄새가 났다.

학교에서 만난 아이들이 나에게 호의적이지 않다는 것을 깨닫기까지는 그리 오랜 시간이 걸리지 않았다. 어쩌면 아이들은 악담한 것이 아니라 내 미래를 예상했는지 몰랐다. 성적이 좋지 않았고 그렇다고 아이들 요구와 비위를 맞춰주며 어울려 살아갈 수도 없었다. 아이들의 괴롭힘은 당연한지도 몰랐다.

"더러운 러시아 년."

고개를 들어 하늘을 올려다봤다. 흰 구름이 뭉쳐 있었다. 처음 도시로 왔을 때 가장 낯선 것이 구름이었다. 대관령 산 자락에선 구름이 하늘과 산, 나무에 걸쳐 있었다. 구름이 늘 산과 나무를 배경으로 있는 것을 당연하게 여겼기에 빌딩에 닿아 있는 구름을 봤을 때 이상했다. 구름이 구름 같지 않았다. 말갛게 헹궈 짜낸 흰 구름이 가로등 바로 위 하늘에 걸쳐진 것처럼 가깝다. 허공에 사다리를 세워 올라가 손으로 잡아당길 수 있을 것 같다. 할 수만 있다면 저 구름에 거꾸로 매달려 몸의 피를 모조리 빼버리고 싶었다. 엄마가 정말 나를 낳은 엄마일까, 라고 의심할 수도 없었다. 외모적으론 자매처럼 쏙 빼닮았다.

거울과 거울 사이로 내 목소리가 울려 거울 안으로 들어갔다가 도로 비추는 것 같았다. 내 귀로 계속 맴을 돌며 파고들어 왔다.

"안녕하세요. 저는 유리 진입니다. 저는 두 명의 할머니와 함께 살았습니다. 필례 할머니가 수니 할머니를 낳았고, 수니 할머니가 엄마 라라를 낳았고, 엄마 라라가 저를 낳았습니다. 정말, 엄마 라라가 저를 낳은 게 맞을까요."

라라 유리예브나 스미르노프가 나를 낳은 게 맞았다. 아니, 내가 엄마의 딸이라는 사실은 똑같이 생긴 외모 외에도 성격과 취향이 닮아 부정할 수 없었다. 나는 엄마와 마찬가지로 독주를 마셔도 쉽게 취하지 않았다. 취하지 않는다는 것은 내 주관적인 생각이었고 타인이 보기엔 형편없이 취해버렸고 감정적으로 변했다. 낯선 이들 숲에서 혼자 독주를 마셨고 춤을 췄다. 용기도 막 생겨 술에 취해 수혁 핸드폰으로 전화를 했다. 그는 늘 조용하고 단정한 목소리로 핸드폰을 받았다. 시끄러운 음악 소리에 내 목소리가 묻힐까 크게 말했다. 수혁에게 당장 데리러 와달라고 아니면 죽어버리겠다는 협박을 했다. 대부분 수혁은 무대응으로 있다가 끊어버렸지만, 어제는 택시를 타고 술집으로 왔다. 두세 명의 남자들과 술을 마시는 내 팔을 잡고 일으켜 택시를 태워 보냈다.

택시에서 정신을 차릴 즈음 도시 어디선가 해가 떠오르는 것을 보았다. 한강 다리를 건너기 전에 택시 기사에게 차를 세워달라고 했다. 양화대교를 건너다 아래를 내려다보았다. 물이 흐르고 있었다. 물이 흐르는 것처럼 나도 어디론가 흘러 들어가고 있었지만, 그곳이 어디인지 방향을 알 수 없었다. 문득문득 떠올랐다. 수혁이 잡은 팔을 뿌리쳤던 기억. 그의 얼굴에 내 얼굴을 바짝 가져다 댔다. 우리, 잤잖아. 그런데 너 왜 아무 말도 없어? 내가 우스워? 내가 한 말은 기억나는데 수혁의 대답과 표정은 전혀 떠오르지 않았다.

"정말 미치지 않고서는."

하늘에는 일찍 올라온 해와 미처 사라지지 못한 달이 함께 떠 있었다. 해는 둥글었고 달은 하현달이었다. 떠오르는 해와 함께 하늘에 담기는 저 달이 초승달이 아닌, 하현달이라 알려준 사람은 필례 할머니였다. 필례 할머니는 사할린에 살 때 음력 달력을 그렸다고 했다. 그래서 늘 달의 움직임을 살폈고 달의 모양과 날짜를 헤아릴 줄 알았다. 원룸으로 들어가 암막 커튼을 꼼꼼히 쳤다. 수혁이 팔을 잡은 곳이 욱신거렸고 가슴이 더 절절했다. 후회할 일을 반복하는 것도 라라를 닮았기 때문이었다. 나는 전날 마시던 엡솔루트 보드카 병을 집어 들었다. 뚜껑을 열고 물 마시듯 들이켰다. 알코올이 빠졌고 산화되어 술은 미지근했고 그래서 더 독했다. 동굴처럼 어두운 방에 누웠다. 숙취로 머리가 깨질 듯 아팠고 쉽게 잠으로 빠져들 수 없었다. 수면제를 한 알 삼켜도 잠이 오질 않았다.

돈을 돌려줘요. 대체 그 돈을 어디에 썼어요, 라는 울음 섞인 목소리로 엄마 라라의 핸드폰에 음성을 남겼다. 엄마는 변호사 비용으로 썼다며 조만간 한꺼번에 다 갚을 테니깐 영화 대박 나기만 기다린다고 엉뚱한 문자를 보냈다. 영화 대박, 이라는 문자를 읽는데 왈칵, 눈물이 쏟아졌다. 잠시 후 문자 하나가 더 왔다. 내일 약속 잊지 마. 이쁘게 하고 나와.

지하철역 에스컬레이터를 타고 올라오는 사람들 속에 엄마의 모습이 보였다. 가슴골이 보일 정도로 푹 파인 파란색 원피스를 입은 엄마는 단박에 눈에 띄었다. 그 모습을 보자 분노로 무릎에 힘이 풀렸다. 엄마는 에스컬레이터에서 그늘 밖으로 나오자마자 손에 들고 있던 은색 실로 수놓아진 검은 레이스 양산을 펼쳤다. 곧바로 길에 서 있는 나를 발견하고 인상을 썼다. 앞으로 다가와 내 얼굴에 양산을 씌웠다.

"살갗 타면 어쩌려고. 그늘에 서 있지. 그 촌스러운 옷은 또 뭐니."

양산을 함께 쓴 것뿐인데 양산 아래 짙은 향수 냄새가 났다. 원룸에서 나오며 나도 향수를 뿌렸지만, 엄마의 짙은 향수에 묻혀버렸다. 엄마는 수혁과 만나기로 한 약속 장소로 가면서 청바지에 헐렁한 흰 티셔츠를 입은 내 옷 스타일을 나무랐다. 길을 걷다 옷가게 앞에 멈춰 섰다. 나를 쇼윈도로 끌어당겨 마네킹을 가리키며 치마라도 사서 입으라고 했다. 싫다고 대답했지만, 엄마는 내 팔을 끌고 가게 안으로 들어 갔다.

엄마는 가게 안을 재빨리 훑어보곤 진열장 마네킹이 입고 있는 흰색 프릴 블라우스를 찾았다. 옷가게 여자가 마네킹에 피팅 해놓은 거 하나 남았다고 하니 벗겨달라고 했다. 여자가 블라우스를 벗기는 사이 엄마는 A라인 녹색 스커트를 집어 들었다.

"시간 없으니 얼른 갈아입어. 신발은 또 그게 뭐니?"

청색 스니커즈 운동화를 못마땅하게 바라보는 그녀의 고집을 이겨낼 수 없다는 것을 알기에 나는 피팅룸에 들어가 옷을 갈아입었다.

피팅룸을 나오니 직원이 기다렸다는 듯이 극찬을 퍼부었다. 예전 같았으면 그런 입에 발린 소리에 기분이 좋아졌겠지만, 지금은 그런 게 진심이 아닌 겉치레로 하는 서비스라는 걸 알았다. 속으로는 다른 생각 할지도 몰랐다. 길에서 만나는 사람들이 나를 호기심으로 돌아보곤 뭘 해 먹고 사는 여자일까, 술집에 나가겠지, 쇼걸이겠지, 창녀겠지, 라고 속생각하며 시선을 던지는 것 같았다. 비약이 심했다. 그렇지만 청소년 시절, 또래 애들에게 놀림, 폭행, 세뇌당한 경험을 가진 나에게는 자연스러운 현상이었다.

"몸이 마네킹보다 우월해요. 나를 닮아서."

엄마가 고른 옷값에 깜짝 놀랐다. 내가 예상했던 것보다 다섯 배는 비쌌다. 내가 옷을 벗으며 안 사겠다 하니 엄마는 재빠르게 지갑에서 현금을 꺼내줬다. 옷값을 깎아볼 생각은 아예 안 했다.

"블라우스 입을 때 보니깐 뒤 허리 부분에 옷핀 자국이 심하던데 깎아주세요."

나는 고개를 돌려 뒤 허리 쪽을 잡았다. 옷가게 여자가 내 뒤로 와 허리춤을 손으로 쓸어내리며 드라이크리닝 한번 하면 천이 자리를 찾을 거라 말했다. 대수롭지 않게 말하곤 옷가게 여자는 삼천 원을 깎아주겠다며 엄마에게 삼천 원을 돌려주었다.

가게를 나온 엄마는 구질구질하게 돈 삼천 원을 깎느냐고 말했다.

"감독님한테 받은 돈 돌려줘야 해. 다 쓴 거 아니지?"

여름 내내 엄마는 일하지 않았다. 제사공장 사장이 입원해 있는 병원과 변호사, 법무사 사무장을 만나러 다녔다. 나는 그녀가 변호사와 법무사를 왜 만나고 다니는지 알 수 없었다.

"그깟 돈이 대수냐."

엄마한테는 그깟 돈이겠지만 나한테는. 나는 하고 싶은 말을 삼켰다. 목이 메었다. 돈이 얼마 남았는지 앞으로 어떻게 할 건지 물어보려다 식당 앞에 서 있는 수혁을 발견하고 입을 다물었다. 그와 헤어지고 난 후 물어봐야 할 것 같았다. 엄마는 수혁의 원룸 비밀번호를 알려줬으니 그동안 청소해 주고 밥도 먹었냐고 물었다. 대답하지 않자 엄마는 내 어깨를 잡고 내 귀에 대고 속삭였다.

"너, 재랑 자라."

들풀, 이라는 한정식집 입구에 수혁이 서 있었다. 담 아래 다홍색 능소화가 통째로 떨어져 있었다. 키 큰 수혁은 고개를 꺾고 담쟁이넝쿨 사이 아직 매달려 있는 능소화를 보았다. 엄마가 이름을 부르자 고개를 돌렸다. 양산을 접고 있는 엄마에게 고개 숙여 인사했다. 저녁을 먹기엔 이른 시간이어서 식당 안에는 손님이 없었다. 직원의 안내로 가정집을 개조한 식당 내부에 있는 이 층으로 올라가는 나무계단을 올라갔다.

엄마가 먼저 올라갔고 그 뒤를 내가 올라갔다. 내 뒤를 따라 올라오는 수혁의 시선이 신경 쓰였다. 뒤 허리춤에 있을 옷핀 자국이 수혁의 눈앞에 바로 보일 거였다. 스타킹을 신지 않은 맨다리도 신경 쓰였다. 새 옷에서 나는 합성섬유 냄새가 났다. 엄마는 내가 곁에 앉으려니 건너편 자리를 가리켰다.

"아무리 딸이래도 네 젊음과 비교당하고 싶지 않아. 저리로 가 앉아."

나는 수혁의 옆자리에 앉았다. 수혁을 정면에서 마주 보고 앉는 것보다 옆얼굴을 훔쳐보는 것이 편하기는 했다. 수혁은 고개를 돌리지 않고 허리를 꼿꼿하게 세우고 앉아 시선을 상에 두었다. 주문을 받으러 온 여자는 브레이크타임이 방금 끝났다며 곧바로 솥 밥을 올리겠다고 했다. 엄마는 성장한 우리가 나란히 앉은 걸 보니 뿌듯하다 했다. 우리를 한집에서 키웠던 세월을 떠올렸다. 뱃속에 품었다 낳은 나와 수혁을 선 긋지 않고 가슴으로 키웠다고 강조했다. 수혁이 표정 없이 엄마를 쳐다보았다.

"가지고 오신다는 서류는."

엄마가 서류봉투를 수혁에게 줬다. 법무사 사무장과 함께 내용 증명서를 작성했고 장 변호사가 검토하고 첨가해줬다고 했다. 수혁이 봉투에서 서류를 꺼냈다. 하단에 삐뚜름한 글씨체로 수혁의 엄마, 제사공장 사장 부인의 사인이 되어 있었다.

서류에는 현재 병원에 있는 제사공장 사장을 요양 보호 시설로 옮기고 그의 간호와 관리를 라라에게 맡긴다는 내용이 적혀 있었다. 충격적인 사항은 두 번째였다. 라라는 11년간 제사공장 사장 부인 대신 집안일을 돌보고 아이들을 키웠으나 보수를 받지 못했다고 적혀 있었다. 과거 보수와 사례로 집을 라라 명의로 변경해 준다는 내용이었다. 이 사항은 제사공장 사장 부인의 간곡한 뜻이라고 첨가되어 있었다. 앞으로도 라라가 공장 부인과 아이들을 돌볼 것이라는 서약이 있었다.

제사공장 사장은 아직 의식이 깨어나질 않았다. 병원에서는 2차 병원이나 요양 시설로 옮기라고 했다. 집에는 수혁의 작은고모가 들어와 살겠다고 했지만, 집은 오랫동안 비워둔 채였고 제사공장은 아예 운영을 중단했다.

제사공장 용지를 팔기 위해 수혁의 고모부들이 장 변호

사를 만났지만, 실제 제사공장 소유주가 수혁의 엄마이기에 절차가 까다롭고 복잡했다. 제사 공장 사장 부인의 전담 고용 변호사가 깐깐해 마음대로 처분할 수 없었다. 엄마는 가방에서 수혁 엄마의 통장들을 꺼내 보였다.

나는 엄마의 얼굴을 바라보았다. 여러 개의 통장이 들어 있는 투명 파우치를 꺼내는 그녀는 세상에서 가장 귀한 것을 얻어낸 자의 표정이었다. 득의양양했고 비열해 보였다. 그래서 그깟 돈이라는 말을 했구나 싶었다. 나는 녹색 스커트 자락을 꽉 움켜쥐었다. 부끄러웠다.

"수혁이 놀랄 정도로 어머니 건강, 많이 좋아지셨어."

엄마는 핸드폰에서 사진을 손으로 넘기며 보여줬다. 수혁과 나란히 앉은 나에게도 보였다. 편백 나무 거실의 커다란 창가에 앉은 모습, 만다라 채색하는 테이블, 숲길, 자작나무 군락지, 계곡 옆길을 산책하는 사진, 쑥갓을 뽑아 드는 사진. 수니 할머니가 찍었을 사진은 화려하지 않고 차분했다. 사진 속의 수혁 엄마는 평온해 보였다.

'아.'

뒤란의 청보라색 수국 앞에 앉아 웃는 사진을 보는 순간, 가슴이 두근거렸다. 청보라색 수국밭은 필례 할머니의 유골 단지가 놓인 석단 바로 곁이었다. 사진에는 녹색 이끼 핀 석

단 하단 부분이 보였다.

"엊그제 장 변호사와 함께 엄마를 만났어. 이건 장 변호사에게 맡겨놓았던 것을 받아온 것이야. 네 엄마도 나더러 보관하래."

"여기 이 통장에서 너와 유리의 학비를 내라고 하셨어. 나머지 통장은 다 장기 예금으로 묶어 뒀더라. 네 사인 받으면 내일 당장 아버지를 재활 전문 요양 병원으로 옮길 거야. 집 정리 후, 어머니도 집으로 모셔 올 거야."

수혁은 말없이 서류만 들여다보았다. 하단에 한 사인을 꼼꼼히 보았다. 글씨체만 봐도 펜을 들고 있는 손이 부들부들 떨고 있다는 것을 알 수 있었다.

저 사인을 받기 위해 라라는 대관령 서쪽 숲에 있는 수니 할머니의 기도원에 갔을 거였다. 수니 할머니와 수혁의 엄마에게 어떻게 설명하며 사인을 받았을까. 나는 자신만만한 표정으로 웃고 있는 엄마의 얼굴을 쳐다보았다. 파란색 원피스에 맞춰 파란색 마스카라를 속눈썹에 칠하고 아이라인으로 눈매를 또렷하게 그렸다. 업스타일로 올린 머리에서 일부러 잔머리를 빼내 작은 얼굴이 더욱 작게 보였다. 귀에는 마스카라와 색을 맞춘 파란빛이 나는 보석이 차랑차랑 매달렸다. 평소 그녀는 말했다.

"난 사막에서도 살아남을 거야. 처음 만나는 사람도 한 시간이면 설득할 수 있어." 나는 그 악착같은 점이 싫었고 그걸 자랑삼아 말하는 게 부끄러웠다.

녹색 작업복을 입었을 때도 거추장스럽게 귀걸이를 했다고 여공들의 비난과 야유를 받았다. 나는 녹색 작업복을 입은 엄마가 흰 외벽을 가진 수혁의 집을 쳐다보며 언젠가 집을 소유할 것이라 다짐하던 모습을 떠올렸다. 팔에 소름이 돋았다. 엄마가 그 집에 대한 집착으로 변호사와 법무사를 만났다는 생각이 들었다. 깐깐하고 까다롭다는 변호사를 어떤 수단과 방법을 써서 설득했는지 알 수 없지만, 알 것도 같았다. 변호사와 법무사 비용을 구하려고 정 감독님에게 돈을 요구한 거였다. 그녀는 목적과 수단을 위해 악순환의 바퀴를 돌렸고 나는 그 바퀴 사이에 끼었던 거였다. 훼손된 내 몸의 상처와 기억을 잊을 수 있을까.

"유리 외할머니가 원래 근원을 알 수 없는 신경계 쪽 불치병을 잘 다스려. 수혁이가 봐도 몰라볼 정도로 좋아지셨어."

"사인할게요. 장 변호사님께서 엄마 일을 정확하게 잘 챙기셨으니. 집안일 하실 분도 알아보세요. 혼자서 큰 집 일하시기엔 무리예요."

"안 그래도 유리 할머니를 함께 모셔 올까 싶었는데."

나는 엄마의 말에 깜짝 놀랐다. 수니 할머니가 대관령 서쪽에 있는 집을 버리고 도시로 온다는 것은 상상도 할 수 없는 일이었다.

"수니 할머니가 오신댔어요?"

"싫다고 하겠지만 설득해야지. 기도원에 들어오는 사람도 없는데."

나는 엄마가 다른 사람의 삶을 엄마의 목적에 맞춰 맘대로 움직일 수 있다고 생각하는 것에 진저리가 쳐졌다. 수니 할머니는 절대로 도시로 오지 않을 것이다. 수니 할머니는 집에 애착이 심했다.

수니 할머니가 직접 설계한 것을 목수와 함께 완성했다고 했다. 돌을 골라내고 황토를 바르고 자연 건조한 국내산 편백 나무로 거실 벽을 덧대고 이음새를 맞추고 만든 집이라고 했다. 게다가 뒤란에는 필례 할머니의 유골단지도 있었다.

음식이 나오자 엄마는 생선을 발라 수혁의 앞 접시에 놓아주고 여러 반찬을 놓아주었다. 속이 빤히 보이는 가식적인 행동이었다. 수혁은 불편함도 내색하지 않고 엄마가 놓아주는 반찬을 가져다 먹었다.

"그런데 수혁은 전공으로 어떤 과를 선택할 거야? 외과? 성형외과가 편하지 않아?"

"아직은 생각할 엄두도 못 했어요. 본과로 들어가 봐야 알겠지만, 적성에 맞는지도 모르겠어요."

"적성 따질 때가 아니지 않아?"

"폭포처럼 마구 쑤셔 넣어야 할 것을 받아들이느라 정신 없어요. 예과생 머리는 지식을 순간 저장창고 역할밖에 안 되거든요."

"1학기 성적은 어때?"

"겨우 유급을 면했어요."

"스트레스 받지 말고 해."

수혁은 공부 따라가기가 힘들다고 대답을 했다.

"공부하다 머리 식힐 겸 유리 만나 밥도 먹고 영화도 봐. 아, 그거 알아? 애 유리가 영화를 찍는다지 뭐니? 감독이 표정이 너무 좋다고. 계약금으로 삼천만 원이나 주더라."

나는 엄마의 속셈이 보여 창피했다. 나는 수혁이 보이지 않도록 엄마에게 눈을 흘겼다. 눈썹을 찌푸렸다. 엄마는 지방으로 가려면 서둘러 가야 한다며 먼저 일어나겠다고 했다. 밥을 반도 비우질 않았고 전과 잡채 떡갈비가 그대로 남아있었다.

함께 일어나려는 우리에게 천천히 먹고 이왕 만났으니 맥주라도 한잔 마시고 헤어지라고 했다. 목적이 서류에 사인을 받으려고 한 것인지 수혁과 나에게 자리를 만들어주기 위해서인지 둘 다인지 알 수 없었다. 계산서를 들고 엄마가 일어나자 나도 따라 일어났다.

엄마는 나를 그냥 앉으라며 어깨를 밀었다. 나는 수혁에게 잠깐만 있으라고 말하고 엄마 뒤를 따라나섰다. 계단을 내려가며 엄마는 손짓으로 뭔가를 말했는데 수혁과 시간을 보내라는 의미 같았지만 나는 모른 척했다. 식당 담 아래에서서 엄마는 담에 달라붙어 있는 능소화를 툭, 쳤다.

엄마의 손이 닿자마자 능소화 커다란 꽃송이가 떨어졌다. 떨어지기 직전 간신히 매달려 있던 능소화가 엄마의 손에 후룩 떨어졌을지도 몰랐다. 엄마의 무심한 손길에 바닥에 떨어진 능소화를 바라보는 것은 불길했다. 나는 엄마에게 감독님 돈을 갚아야 한다고 말했다. 필례 할머니 역을 맡은 배우가 문제 제기한 것을 말했다.

"누구라고? 삼십 년 배우 했는데 왜 아직 그거밖에 못 받아? 피레나 카리스마 1도 못 따라오겠네."

"엄마! 제발."

엄마는 가방을 들어 보이며 씨익 웃었다.

"수혁이 외가가 우리가 생각했던 것보다 훨씬 엄청난 알부자더라."

우리라니, 나는 제사공장 사장 부부들이 얼마만큼 돈이 많은 사람들인지 궁금한 적이 단 한 번도 없었다. 그들의 부를 추측하고 뭔가 계획한 것은 순전히 엄마 라라 뿐이었다.

"엄마가 생각 없이 한 행동 때문에 난 정말 부끄러웠어."

"생각 없긴. 다 내가 머리를 굴려 생각해서 그 집이 내 집이 된 거야. 큰돈도 굴러들어 오고."

엄마는 골목 모퉁이에서 뒤돌아보고 위로 올라가라 손짓했다. 나는 엄마가 떨어뜨렸던 능소화 송이를 집어 들었다. 꽃잎에서 단단하고 톡톡한 질감이 느껴졌다. 촉촉한 물기도 남았다. 엄마가 건드리지 않았다면 줄기에 더 매달려 있었을 그것은 내 모습 같기도 하고 제사공장 사장 부인의 모습 같기도 했다.

4. 막다른 골목

식당을 나온 수혁은 지하철을 타겠다고 했다. 합정역과 홍대입구역 사이에 있는 식당이라 어느 쪽으로 가도 십 분 거리였다. 합정역으로 가면 중간에 내 원룸으로 가는 골목이 나왔다. 원룸에 들렀다 가라고 하면 수혁은 비웃을 게 틀림없었다. 수혁에게 지하철역 입구까지 배웅해 주겠다고 말하고 홍대입구역 쪽으로 손짓을 했다.

작은 도로를 걸어가다 보면 도로를 향해 있는 카페가 있었다. 가끔 들러 오렌지 주스를 마시는 곳이었다. 그곳에서 수혁에게 커피를 마시자고 얘기를 해 볼 생각이었다. 거절할 확률이 더 높았다. 걸음 폭을 나에게 맞춰줄 의향이 없는지 수혁은 좀 빠르게 걸었다. 해야 할 일이 있는지 묻는 나에게 스터디가 있다고 짧게 대답했다.

'엊그제 네가 택시 태워줬니? 왔었니? 나 기억이 안 나서. 아니, 기억은 나는데. 내가 실수 많이 했지? 아.'

그날, 이후 처음 만나는 거였다. 엄마가 수혁의 원룸 비밀번호를 알려줘 원룸에서 기다렸던, 수혁이 내 몸을 안았던 날 밤에 대해 우린 아무 말도 하지 않았다. 잠들기 전 수혁을 떠올리는 시간이 꿈처럼 행복하다고 말하면 비웃을까. 청바지 뒷주머니에서 핸드폰을 꺼내 시간을 확인하는 수혁의 손을 보았다. 핸드폰을 바지 뒷주머니에 끼우고 허벅지 옆에 무심히 내려뜨린 손을 잡고 싶었다. 묻고 싶은 말과 하고 싶은 말이 많은데 어떤 말을 해야 할지 망설여졌다.

차라리 늘 하던 대로 집으로 돌아가 내 방에 누워 혼자 수혁을 상상하는 것이 더 마음이 편할 것 같았다. 곁에 서 있는 수혁은 너무 현실적이어서 오히려 내가 상상했던 수혁의 모습이 아니었다. 내 방에 누워 불러들이는 수혁은 늘 말라깽이 소년이었고 숲에서 그림을 가르쳐주던, 욕실 화장실에서 내 머리칼을 잘라주던 소년이었다.

수혁의 곁으로 걸음을 따라잡았지만 그는 고개를 돌리지

않았다. 나는 말없이 수혁의 보폭에 맞춰 빠르게 걸었다. 맞은편에서 걸어오던 사람들이 수혁과 나를 힐끔거리며 쳐다보았다.

"저기."

"지하철역 저기네. 갈게."

수혁은 돌아보지 않고 재빠르게 걸어갔다. 나는 걸음을 멈췄다. 수혁이 지하철로 내려가는 계단을 한 칸씩 내려갔다. 수혁의 청바지와 흰 반 팔 폴로셔츠를 입은 몸통이, 어깨가, 머리가 사라질 때까지 그 자리에 서 있다가 뒤를 돌았다.

나는 수혁의 학교 앞 거리를 걸어 다닌 적이 많았다. 혹시 강의 끝내고 나오는 수혁과 만나지 않을까 생각하며 학교 앞 거리를 배회했다. 한 학기 내내 수혁의 원룸에서 학교로 가는 거리에서 수혁을 만난 적은 단 한 번도 없었다.

수혁의 뒤를 따라갔다. 그는 지하철을 기다리며 기둥에 기대 가방에서 책을 꺼내 펼친 후 고개를 들지 않았다. 물론 뒤를 돌아보지도 않았다. 그래서 나는 쉽게 그의 뒤를 따라갔다. 수혁의 학교 근처에서 누군가 그의 어깨를 쳤다. 수혁이 걸음을 멈추고 책에서 시선을 들었다. 나도 걸음을 멈추고 옷가게에서 내놓은 만원 균일가, 라고 적힌 매대에 놓인 옷, 가방, 구두를 구경했다. 흰 에나멜에 큐빅이 촘촘히 박힌 허리띠를 구경하다 고개를 돌렸을 때, 수혁과 그의 친구는 건널목을 건너고 있었다. 점멸하던 녹색등이 꺼지고 붉은 색 등이 켜졌다. 나는 길을 건넌 사람들 숲에서 수혁의 뒷모습을 찾았다. 그는 바로 앞 건물 대형 커피숍으로 들어갔다.

내 곁으로 대학생으로 보이는 무리가 녹색 신호등이 켜지길 기다렸다. 셋 넷씩 무리 지은 이들은 서로 학점이 얼마 나왔는지에 대해 떠들었다. 혼자인 사람들은 핸드폰을 들여다보았다. 주위를 두리번거리는 사람은 나밖에 없었다. 아무도 나를 돌아보거나 신경 쓰지 않는데 나는 지레 주눅이 들었다. 고만고만하게 옅은 화장을 하고 책을 손에 들고 서 있는 대학생들로 보이는 여자들은 별것 아닌 것에도 크게 소리 내 웃었다. 나는 입을 벌리고 웃고 있는 여대생을 바라보았다. 속을 파헤치면 각자 상처와 아픔이 있겠지만 겉으로 보기에는 너무나 밝고 경쾌해 보였다. 그녀들의 웃음을 빼앗고 싶었다. 그 상큼함을 빼앗고 싶었다. 그녀들의 순수 혈통을 훔치고 싶었다.

신호등 건너 카페가 있었다. 카페를 발견함과 동시에 창가에 앉은 수혁의 뒷모습을 보았다. 흰색 폴로셔츠의 깃을 세우고 조금은 길게 느껴지는 머리카락, 키에 비해 좁은 어깨, 말라서 헐렁한 셔츠와 가느다란 팔. 뒷모습만으로 알아볼 수 있었다. 수혁의 등 너머로 맞은편에 앉아 있는 여자의 얼굴이 보였다.

여학생의 머리카락은 나보다 더 밝은 블론드였다. 탈색과 염색한 티가 났고 예쁘다는 느낌은 들지 않았다. 노랗게 염색한 머리칼에도 불구하고 쓰고 있는 안경 때문인지 의대 학생일 거라는 편견 때문인지 공부를 잘할 것 같은 얼굴이었다.

공부 잘하는 사람의 얼굴은 저렇게 생겼구나. 나는 여학생의 얼굴을 바라보며 멍청하게 그렇게 생각했다. 날은 아직 무더운데 카페 안은 에어컨을 틀어놓았는지 여학생은 분홍색 볼레로를 걸치고 있었다. 시폰 소재인 볼레로를 입은 것은 아니고 어깨에 두르고 있었다. 볼레로가 미끄러진 곳에 한 줄 끈이 보이는 검은 민소매 티셔츠와 어깨뼈가 드러났다.

둘은 두꺼운 책 한 권을 펼쳐놓고 머리를 맞대고 함께 보고 있었다. 똑똑한 저 여학생은 좋겠다. 수혁이랑 저렇게 어려워 보이는 책을 읽고 얘기를 나눌 수 있어서. 나는 수혁의 식탁에 놓인 책 제목만 옮겨적어도 골치 아프던데. 여학생과 단둘이 스터디를 하기 위해 그렇게 서둘러 갔구나.

청바지와 티셔츠가 든 종이 가방을 든 채 창 안을 바라보고 있는 나를 발견한 여자가 창밖을 내다보았다. 나는 여자의 시선에 아랑곳하지 않고 그 자리에 붙박여 그들을 쳐다보았다. 여자는 안경을 고쳐 쓰며 자꾸 나를 힐긋거렸다. 뜨거운 국물을 뒤집어쓴 것처럼 온몸에서 더운 열기가 빠져나왔다. 수혁의 뒷모습만 보여서 그 앞모습이 어떨지 알 수 없었다. 그렇지만 알 것 같았다. 나는 마음이 아팠지만, 천천히 그들이 앉은 유리창을 지나쳤다. 얼마 걷지 않았을 때 교문이 보였다. 나는 교문 옆 샛길로 올라갔다.

주위를 두리번거렸다. 높고 작은 빌딩 사이로 야트막한 산이 보였다. 낮고 도톰한 산의 테두리를 더듬다가 길 한복판에서 걸음을 멈췄다. 산의 테두리가 흐릿해질 때까지 쳐다보았다. 길 한복판에 멈춰 서 있자 지나가는 학생들이 나를 힐긋거리는 시선이 느껴졌다. 골목이 급하게 꺾이는 부분에 둥근 볼록 거울이 부착되어 있었다. 그곳을 지나치며 무심히 거울을 보았다. 볼록 거울을 통해 머리카락을 검게 염색한 내 모습이 비쳤다. 귀밑에 머리카락이 노랗게 돋아

난 것이 눈에 띄었다. 머리카락을 검게 염색하고 수니 할머니를 찾아갔을 때 할머니가 말했다.

돋아나는 것을 숨긴다고 숨겨지나. 알고 있었다. 알고 있었지만 모른 척했다. 내 외모를, 혈통을 숨길 수 없었지만 숨기고 싶었다.

볼록 거울을 지나쳐 좁은 골목을 걸어 올라갔다. 오르막 골목을 걸어가 완만한 산책로를 따라 걸었다. 금세 사위가 어두워지기 시작했다. 산으로 올라가는 가파른 돌계단을 올랐다. 돌계단 중턱에 앉았다. 저녁 나무 그림자가 더 검게 그늘져 있는 곳에 앉았다. 멈춰 앉으니 바람이 부는 것을 알 수 있었다. 살갗에 매달렸던 땀에 서늘한 바람이 닿자 소름이 돋았다. 저녁 안개에 젖은 나무 냄새가 났다. 계단 모서리에 하얗게 거미줄이 쳐져 있었지만, 거미는 보이지 않았다. 굵은 개미들이 빠르게 움직였다.

먼 곳에 시선을 두었다. 알고 있었다. 여름 내내 내가 예상하고 알고 있었던 것을 직접 목격한 것뿐이었다. 그래, 원래 알고 있었다. 수혁이 나를 좋아하지 않는다는 것을 알고 있었지만 피레나, 필레 할머니가 나에게 주술을 걸어준 운명이 수혁이라고 우기며 기다렸다. 곁에 있으면 언젠가 돌아볼 것이라 여겼다.

나뭇가지 사이로 뿌옇고 어둑해지는 건물과 조명을 단 간판들이 보였다. 또렷해 보이던 것들이 눈물로 흐릿해졌다. 빽빽하게 붙어 있는 빌딩들은 직접 가까이 가면 골목이 있고 넓은 간격을 이룰 것이다. 빽빽한 빌딩들이 숲처럼 보였다. 수혁과 나란히 앉아 그림을 그리던 숲이 아직도 눈앞에 가까이 펼쳐졌다. 숨을 멈추고 눈 앞에 펼쳐지는 숲을 바라보았다.

필레 할머니가 말했다. 죽을 때가 되니 그때가 어제의 일처럼 눈앞에 보인다고 했다. 수평선을 오래 바라봤던 적이 있었어. 선명했던 경계가 눈물로 흐릿해질 때까지 뻣뻣한 몸이 건들기만 하면 조각으로 떨어져 나갈 것처럼 혹독한 추위 속에 앉아 있었어. 얼어붙은 바다로 걸어 나가던 사람들이 뜯기고 녹아내린 얼음판을 디디다가 시퍼런 바다로 빠졌어. 부서지는 얼음 사이로 빠지는 사람들은 팔을 버둥거리지도 않았어. 아무도 소리를 내지 않았어. 정말 비통한 순간에는 비명도 지를 수가 없어. 그냥 숨을 멈추고 바라보기만 했어.

흰 외벽을 가진 이층집은 거실에서 이 층으로 올라가는

나무계단이 있었다. 나무계단은 오래되어 가운데를 밟으면 삐걱거렸다. 나는 나무계단을 오를 때면 늘 소름 끼치는 삐걱거리는 소리가 난다는 것을 알면서도 매번 한두 개는 가운데를 밟았다. 그러다 소리가 나면 다시 가장자리 쪽을 디뎠다. 가장자리를 밟고 올라가면 긴 복도가 있었다. 복도 초입에 내 방이 있었고 그 곁은 수혁의 방이었다. 복도 끝에 화장실이 있었고 수혁의 방 맞은편에는 여러 가지 물건을 쌓아놓는 창고 방이었다. 그곳에 사선으로 놓인 짧은 계단을 올라가면 다락이었다.

다락을 처음 발견했을 때 너무 벅차서 숨이 막혔다. 열린 문 안으로 들어갔다. 다락에 올라 작은 나무 덧창을 열었을 때 목재를 쌓아놓은 넓은 공터 너머 강물이 보였고 녹색 지붕을 가진 제사공장이 보였다. 왼편으로 우리가 나무에 기대앉아 그림을 그렸던 숲도 보였다. 우리가 그 숲에 앉아 있을 때 숲은 거대해 보였는데 다락에서 보면 제사공장과 그리 멀지 않은 곳에 있는 작은 숲이었다. 나무 덧창을 잡고 몸을 밖으로 빼 오른쪽을 바라보면 대관령 산자락이 보였다. 산자락을 눈으로 더듬다 보면 어느새 마음이 평온해졌다. 찬 바람이 불어 대기가 맑은 날이면 산자락은 뾰족한 나무 테두리까지 드러났다. 흐린 날에는 물을 적셔놓은 듯 겹

겹 산자락만 보였다. 맑은 날이어도 눈물이 흐를 때면 비에 젖은 풍경처럼 흐릿하게 보였다. 수니 할머니와 필레 할머니가 보고 싶을 때면 나는 다락에 올라가 창틀에 매달렸다.

다락에 올라가는 날은 중학생이 된 후 여학생들에게 몰매를 맞거나 머리채를 잡혔을 때였다. 견딜 수 없이 힘들다고 여겼다. 그런 날이면 피레나, 필레 할머니를 떠올렸다. 소녀였던 필레 할머니가 바람이 세찬 언덕에 앉아 얼어붙은 바다를 바라보는 모습을 떠올렸다. 할머니의 두려움에 비하면 내 고통은 견딜 수 있었다. 오히려 더 큰 고난이 내 앞에 닥쳐오더라도 비명을 지르지 않고 견뎌 내리라 다짐했다.

그날 다락에서 내려와 방문 앞에서 수혁을 봤을 때, 수혁의 표정은 비장했고 흔들림 없었다. 어둑해진 다락에서 엄마의 신경질적인 목소리를 들었다. 누군가에게 부탁하고 애원하는, 신경을 긁는 슬픈 느낌이 드는 흐느낌이었다.

나는 나무계단을 내려와 방문을 열었다. 소리는 수혁의 방에서 나는 소리였다. 엄마 라라와 수혁은 나란히 수혁의 침대에 앉아 있었다. 둘 다 창을 향해 앉아 있었기에 방문 쪽에선 뒷모습만 보였다. 방문을 열고 들어가려다 멈췄다.

사장님이 이 사실을 알면 복잡해져. 그리고 수혁아 당장 시험이 코앞이야, 너 고3이야. 그냥 모른 척해. 엄마 라라의 목소리였다. 낮고 묵직한 탄식에 가까운 수혁의 목소리가 빨라졌다. 어떻게 그래요. 이렇게 증거가 명백한데. 유리의 상처는 어쩌시려고요. 지나가면 다 잊혀질 거야, 유리는 내가 알아서 할게. 나는 다락이 있는 방으로 돌아가 문손잡이를 잡고 약간의 틈만 남기고 문을 닫았다.

엄마 라라가 수혁의 방에서 나와 일 층으로 내려갔다. 다락이 있는 방에서 나와 복도 벽에 등을 기대고 수혁의 방문을 보았다. 눈에서 눈물이 흘러내렸다. 수혁이 방문을 열고 나오다가 나를 발견했다. 그는 울고 있는 나를 보고 아무렇지 않은 듯 나를 지나쳐 복도를 걸어갔다. 수혁은 곧장 경찰서로 갔다. 수혁의 핸드폰에 저장해 놓은 사진을 토대로 나를 폭행했던 남학생들을 신고했다. 엄마 말대로 수혁의 일은 신고 한 번으로만 끝나지 않았다. 증인으로 여러 차례 경찰서에서 조사받기 위해 불려갔고 학교에선 기대하던 학생이 수능을 앞두고 불미스러운 사건에 휘말린 것에 유감을 표했다. 제사 공장 사장은 식탁에서 일 층 복도에서 나와 마주쳐도 없는 사람 취급했다.

산에서는 흐릿했던 낮고 도톰한 산의 테두리를 볼 수 없었다. 고개를 꺾고 둘러보아도 산의 테두리는 볼 수 없었다. 나무와 흙, 돌만 보였다. 가까이 있는 나무는 흐릿하게 보였고 멀리 있는 나무는 검게 보였다.

흙에서는 흙냄새가 났다. 무리 지어 피어 있는 꽃나무 아래 떨어진 붉은 꽃잎이 쌓였다. 어둑해지는 흙 위에 떨어진 그것은 덩어리 피를 쏟아낸 것처럼 붉었다. 골목을 내려갔다. 타워를 쳐다보고 올라갈 때와는 달리 골목은 여러 갈래로 나누어졌다. 방향을 잡을 수 없었다.

선택한 골목을 걷다 보니 막다른 계단 끝에는 가정식 백반집이 나왔고 더 이어지는 길은 없었다. 골목은 초입에서부터 끝을 보여주진 않았다. 골목의 끝까지 가봐야 막다른 골목 끝인지 옆으로 작은 골목이 이어졌는지 알 수 있었다. 막다른 골목이거나 골목의 끝이면 막다른 골목 앞에서 뒤를 돌았다. 뒤를 돌면 다시 시작되는 골목이 앞에 놓였다.

골목을 나와 다른 갈래 길로 갔다. 거의 직각으로 꺾이는 골목에 올라갈 때 보았던 볼록 거울이 있었다. 거울 속은 어두워지는 저녁만 보였다. 제사 공장 사장이 나에게 딱 한 번 말을 건 적이 있었다. 수혁이 불합격에 의예과 전문 기숙 학원에 들어가기 전날이었다. 내 방문을 노크해서 나가보니 복도에 그가 서 있었다. 그는 나를 천천히 쳐다보곤 하고 싶은 공부는 무엇인지 물었다. 나는 사실대로 생각해본 적 없다고 대답했다. 그는 복도 천장을 올려다봤다가 복도 창밖을 내다보며 말했다.

"수혁이 앞길 막지 마라."

젖은 몸에 향수를 뿌렸다. 샤넬 NO.5의 무겁고 짙은 향이 번졌다. 진한 향은 슬픔을 불러일으켰다. 슬픔이 번졌다. 말보로 레드를 한 모금 빨고 난 후 거울을 향해 연기를 뿜었다. 혈관을 타고 번지는 샤넬 향과 말보로 연기에 뒤섞인 거울 속 모습을 볼 때면 이제는 슬픔만이 번졌다. 앞으로 어떤 험난한 일도 내가 선택해서 하는 것이라면 후회 없이 실행할 수 있을 것 같았다.

편의점에서 아르바이트를 했다. 돈을 모아 러시아로 갈 계획이었다. 그곳에 가보면 내가 누구인지 무얼 할 수 있는지 답을 얻을 수 있을 것 같았다. 편의점 사장은 내가 한국말을 잘하는 것을 신기해했다. 그렇지만 어떤 손님들은 카운터에서 있는 나를 보면 당황했다. 얼음 컵이 있냐고 묻는 여자가 아이스, 라고 고쳐 말하며 손으로 컵 모양을 만들었다.

나는 바코드로 물건값을 찍어 저절로 계산되는 가격을 말했는데 손님들은 한참을 서서 셈을 했다. 외모 때문에 셈 계산도 못 할 것이라 여긴다고 생각하니 화가나 따지고 싶었다. 누군가에게 달려들어 시비를 걸어 싸우고 싶었다. 일방적으로 뺨을 맞고 구타를 당하고 싶었다.

편의점 사장이 비좁은 카운터 뒤에서 슬쩍 내 몸에 손을 댔다. 그럴 때마다 필요 이상 과하게 반응하며 팔을 쓸어내렸다. 내 반응을 보며 사장은 오히려 더 즐기는 것 같았다. 손님으로 온 남자들이 노골적으로 핸드폰 번호를 알려달라며 아르바이트 끝날 시간까지 기다리겠다고 말했다. 나이 드신 분들은 편의점에 들어와 나를 발견하고 그냥 나가버렸다. 그냥 나가버리는 이유를 알 수 없었다. 참다못한 사장 부인이 사흘 만에 매출이 예전에 비해 줄어들었다며 그만두라고 했다.

그날 밤 내 해고를 알게 된 편의점 사장은 술을 사준다며 나오라고 했다. 거절 답 문자를 보냈더니 십만 원을 주겠다고 했다. 그 문자 화면을 캡처해 그의 부인에게 전송했다. 곧바로 사장 부인에게서 전화가 걸려 왔다. 망설이다 전화를 받았다.

"쓰레기 남편은 내가 알아서 잘 패줄게."

사장 부인은 뜸을 들이다 말했다.

"고민하다 말하는 건데. 매출 때문에 자르는 거 아냐, 유리 오빠라는 사람이 유리 알바 못하게 자르라고 계속 전화해서. 그런데 친오빠 아니지?"

조명을 켜놓은 교문을 지나 대형 커피숍 앞에 다다랐다. 쳐다보지 말고 빠르게 지나치려던 마음과는 달리 유리 안쪽을 들여다보았다. 여학생과 단둘이 앉아 있던 곳에 두 명의 남학생이 더 앉아 있었다. 네 명은 가운데 책 한 권을 놓고 각자의 공책에 뭔가를 빠르게 적고 있었다. 나도 모르게 그 앞에 우뚝 섰다. 수혁의 옆자리에 앉은 남학생이 고개를 들었다가 나와 눈이 마주쳤다. 그는 놀라는 표정을 지으며 팔꿈치로 수혁의 옆구리를 쳤다. 수혁이 고개를 들었다. 나는 재빨리 그곳을 지나쳤다. 건널목에서 녹색 신호등을 기다렸다. 신호등이 바뀌고 건널목을 건널 때 바로 뒤에서 인기척이 느껴졌다. 뒤돌아보고 싶었지만 나는 빠르게 걸었다. 옷 구경하던 옷가게의 유리로 내 바로 뒤에서 따라오는 수혁의 모습이 보였다.

술집과 음식점이 즐비한 좁은 골목으로 들어섰다. 음식 냄새와 건물 사이 비좁은 통로에 놓은 실외기에서 내뿜는 뜨거운 열기로 공기는 후텁지근했다. 그러나 내 뒤를 따르는 수혁으로 인해 내 등골은 오싹거렸다. 유리창이나 유리 문을 지나칠 때마다 유리에 비친 내 뒤를 살폈다. 골목 모퉁 이를 돌고 돌아도 수혁은 말없이 뒤를 따라왔다. 등골은 전류가 흐르는 듯 오싹거렸지만, 마음은 평온했다.

나란히 앉아 강물이 흘러가는 걸 바라보는 것이 아니고 어두운 숲에 앉은 것도 아니었다. 비좁고 복잡한 골목을 앞 뒤로 걸었다. 가뜩이나 좁은 골목인데 술 마시다 골목에 서 서 담배를 피우는 사람, 누군가와 핸드폰으로 통화를 하는 사람, 빠르게 취해 시비가 붙어 목소리를 높이는 사람들로 더욱 좁았고 시끄러웠다. 그렇지만 나는 내 뒤를 따라오는 수혁만 신경 쓰였다. 골목 끝에 다다랐을 때 막다른 술집 유리문이 가로막았다.

나는 걸음을 멈추고 하늘을 올려다보았다. 피레나, 필레 할머니. 보고 있어? 이 막다른 술집 간판 좀 봐, 파도집이야. 그리고 바로 내 뒤로 바짝 다가선 수혁이 내 손을 잡았다.

작가의 말

이 소설은 2016년 <다음 7인의 작가전>에서 연재한 소설이다. 개성과 뚜렷한 색을 갖춘 작가들을 스튜디오에서 만났을 때의 두근거림과 신선했고 활발했던 분위기를 잠시 떠올려본다.

연재 도중 유리 보리소비치 스미르노프와 수니의 만남과 관계 설정을 고민하다 즉흥적으로 블라디보스토크에 갔다. 유난히 많은 광장과 동상, 후미진 골목 모퉁이를 돌면 어김없이 만나게 되는 폐허, 낡고 오래된 건물들이 즐비한 항구 도시는 초여름이었지만 뼛속이 시릴 정도로 바람이 찼다.

나는 해군 잠수함 C-56의 내부로 들어가며 겁에 질린 표정을 짓고 있는 젊은 청년, 유리를 상상했다. 전시된 제복과 어뢰 사일로를 보며 가파른 턱선과 눈매가 깊은 그의 얼굴 윤곽이 구체적으로 보였다. 유리가 완전한 허구로 만들어진 인물이라면 수니이자 고려인은 예상보다 더 많이 만났다. 재래시장에서 물건을 파는 그녀들, 항구 근처 마을에서 민박하는 그녀들.

특히 하바롭스크로 가는 기차 복도에서 만난 그녀가 인상적이었다.

12시간가량의 지루한 시간을 보내던 중, 나는 침대칸에서 나와 복도를 서성이다 그녀를 보았다. 억센 억양의 여인 두 명이 다투다 한 명이 몸을 홱 돌리고 객실로 들어갔고 남은 여인이 복도 벽에 기대서서 울고 있었다. 그녀는 내 존재에도 아랑곳하지 않고 손등으로 눈 주위를 문질렀다. 그녀의 구체적인 삶의 내력은 알 수 없지만 어떤 서사적 슬픔을 진하게 느낄 수 있었다. 나는 그런 것을 풀어내고 싶었다.

부피를 알 수 없는 흰 구름 같은, 그러나 단단히 뭉친 눈물처럼 물이 떨어질 것 같은 구름, 그러다 마침내 옅게 흩어지는 그런 감각. 나무엔 미안하지만, 부디 읽는 독자들에게 그 감각이 닿기를 염치없이 바란다.

작가의 말

마녀의 혈통

1판 1쇄 2024년 01월 26일
지은이 박정윤
펴낸이 손정욱
마케팅 이충우
일러스트 최진희
표지 오아오
펴낸곳 도서출판 답
출판등록 2010년 12월 8일 제 312-2010-000055호
전화 02) 324-8220
팩스 02) 6944-9077

이 도서는 도서출판 답이 저작권자와의 계약에 따라 발행한 것이므로
도서의 내용을 이용하시려면 반드시 저자와 본사의 서면동의를 받아야 합니다.

이 도서의 국립중앙도서관 출판예정도서목록(CIP)은 서지정보 유통지원시스템
홈페이지(http://seoji.nl.go.kr)과 국가자료 종합목록 시스템(http://www.nl.go.kr/kolisnet)
에서 이용하실 수 있습니다.

이 도서는 한국출판문화산업진흥원의 '2023년 중소출판사 출판콘텐츠 창작 지원 사업'
의 일환으로 국민체육진흥기금을 지원받아 제작되었습니다.

ISBN 979-11-87229-79-7 03810
값 17,000원